W0346015

POÈMES

POUR ÊTRE HEUREUX

Volume 1

Petits et Grands Bonheurs

Anthologie de poésie douce

De la même auteure :

Déjà paru :

— MES 100 PETITS POÈMES ***(recueil illustré)***

— POÈMES POUR ÊTRE HEUREUX (anthologie illustrée)
Volume 2 : **L'Enfant, tout un Poème –**
Anthologie de poésie tendre
Volume 3 : **Le Poète et l'Animal –**
Anthologie de poésie réjouissante
Volume 4 : **Poésie et Humour –**
Anthologie de poésie cocasse
Volume 5 : **Poètes Coquins –**
Anthologie de poésie joyeuse

À paraître en 2019 :

— POÈTES AMOUREUX
(Volume 1 consacré aux TROUBADOURS et TROUVÈRES)
— TOUTES SORTES D'AMOUR DEVIENNENT POÉSIE –
Mes nouveaux petits poèmes

À paraître en 2020 :

— POÈMES D'UNE FEMME LIBRE des XVIIIe–XIXe siècles :
Constance de SALM –
Poésie féminine, féministe, engagée, déterminée et pétillante
— ÉROTIQUE, LIBERTINE, LICENCIEUSE… POÉSIES
Anthologie Illustrée de Poèmes sensuels, polissons, ou grivois

Autres anthologies illustrées en préparation :
— Poèmes en cuisine
— Poèmes guillerets, poèmes grincheux

Site de l'auteure : www.anny-martine-b.net
En vente sur AMAZON (https://www.amazon.fr/l/B07K7GRFFK)

POÈMES POUR ÊTRE HEUREUX

Volume 1

Petits et Grands Bonheurs

Anthologie de poésie douce

Anny MARTINE-B.

ENVOLONS-NOUS

© 2018. ENVOLONS-NOUS. PARIS.
Tous droits réservés pour tous pays.
Le Code de la propriété intellectuelle interdit toute copie, reproduction, traduction, et représentation, en totalité ou en partie, quel que soit le procédé utilisé, et sur quelque support que ce soit.

ISBN : 9781983182006

Dépôt légal décembre 2018.

TABLE DES VOLUMES

[1] La série *ÉROTIQUE, LIBERTINE, LICENCIEUSE... POÉSIES – Anthologie Illustrée de Poèmes sensuels, polissons, ou grivois* se situe dans la continuité de ce volume : elle regroupe notamment des poèmes n'ayant pu y trouver leur place en raison de leur thème, de leur vocabulaire, de leur niveau de paillardise, ou de leurs illustrations.

Dans ce volume :

Jean AICARD, Henri-Frédéric AMIEL, Auguste ANGELLIER,

Doëtte ANGLIVIEL, Guillaume APOLLINAIRE, Thoinot ARBEAU,

Théodore de BANVILLE, Alphonse BEAUREGARD,

Jules Amédée CANONGE, François COPPÉE, Charles CROS,

Théodore Agrippa d'AUBIGNÉ,

Vital d'AUDIGUIER de la MENOR, Charles d'ORLÉANS,

Joachim DU BELLAY, Jean Pierre Nicolas DU COMMUN,

Pierre DUPONT, François FABIÉ, Théophile GAUTIER,

Victor HUGO, Antoine de LATOUR,

LECONTE de L'ISLE, Tristan L'HERMITE,

Clément MAROT, Guy de MAUPASSANT,

François MAYNARD, Albert MÉRAT, Henry MURGER,

Alfred de MUSSET, Gérard de NERVAL,

Alexis PIRON, Henri de RÉGNIER,

François-Séraphin RÉGNIER-DESMARAIS, Jean RICHEPIN,

Arthur RIMBAUD, François-Marie ROBERT-DUTERTRE,

Pierre de RONSARD, Mellin de SAINT-GELAIS,

Albert SAMAIN, Paul SCARRON,

SULLY PRUDHOMME, Paul VERLAINE.

(index des noms d'auteurs page 135)

INTRODUCTION

Cette anthologie de poèmes est une friandise.

Le convive qui la dégustera n'y trouvera aucun ingrédient indigeste, aucune saveur acide, aucun relent aigre. La dégustation ne sera que velours et humanité, l'arrière-goût douceur et sérénité.

Ici, pas de recette : ni analyse savante ni décodage technique, juste du plaisir à déguster au gré de ses envies.

Ce choix de textes, et d'écrivains parfois injustement oubliés, est totalement subjectif, et n'a pour ligne directrice que la beauté et l'émotion, pour seuls desseins l'enchantement et l'amusement. Des poèmes largement répandus y sont présents, mais des pièces moins connues y sont privilégiées.

En hommage aux auteurs, leurs visages accompagneront les textes, et quelques mots (informations ou anecdotes) permettront de s'en rapprocher.

Et pour compléter le plaisir, les vers seront illustrés par des œuvres d'artistes de talent.

Les poèmes, rassemblés par thèmes en cinq volumes, sont classés dans celui-ci par ordre alphabétique de leur titre. La table des matières est suivie d'un index des noms d'auteurs, ainsi que de pages *NOTES* sur lesquelles lectrices et lecteurs pourront consigner leurs remarques ou ressentis.

Pourquoi ce recueil ? Parce que les œuvres qu'il réunit me donnent depuis si longtemps plénitude et divertissement dans les moments heureux, et réconfort dans les moments douloureux, que j'ai souhaité les partager avec celles et ceux qui ne voudront pas se priver plus longtemps de leurs bienfaits.

À toutes et tous, bonne lecture, délectez-vous des talents multiples de ces poètes.

Anny MARTINE-B.

Mon infinie gratitude à tous ces auteurs

Qui ont su façonner des rayons de bonheur.

À Aimée d’Alton

I

Déesse aux yeux d’azur, aux épaules d’albâtre,
Belle muse païenne au sourire adoré,
Viens, laisse-moi presser de ma lèvre idolâtre
Ton front qui resplendit sous un pampre doré.
Vois-tu ce vert sentier qui mène à la colline ?
Là, je t’embrasserai sous le clair firmament,
Et de la tiède nuit la lueur argentine
Sur tes contours divins flottera mollement.

****

II

Vous demandiez un impromptu,
Je l’ai tenté, mais n’y réussis guère.
Soyez sûre que pour vous complaire
Je l’aurais fait si j’avais pu.
À votre tour, essayez, ma maîtresse,
Et faites-moi jusqu’au tombeau,
D’une douce et vieille tendresse
Un impromptu toujours nouveau.

****

III

Ayant passé la nuit à rimailler,
Malade encore de la Métromanie,
Je voudrais bien, sur le cœur de ma mie,
Tranquille et sage aujourd’hui sommeiller.
Sage, ai-je dit ? est-ce une calomnie ?
Venez, ma belle, et je vous en défie ;
Entrez chez moi sans m’éveiller.

Alfred de MUSSET (1810-1857)

Recueil « Poésies posthumes », 1888

Ces vers datent des années 1837 et 1838, époque à laquelle le poète est épris de la douce et naïve Aimée d'Alton-Shée, après que l'indisciplinée George Sand l'eût congédié.

Leur idylle durera moins de deux ans, et une vingtaine d'années plus tard, en 1861, elle épousera le frère aîné d'Alfred, Paul, écrivain.

Paul et Alfred de Musset.
Par Fortuné Dufau. 1815.

Paul, 11 ans, et Alfred, 5 ans.

À la musique

Place de la Gare, à Charleville.

Sur la place taillée en mesquines pelouses,
Square où tout est correct, les arbres et les fleurs,
Tous les bourgeois poussifs qu'étranglent les chaleurs
Portent, les jeudis soirs, leurs bêtises jalouses.

– L'orchestre militaire, au milieu du jardin,
Balance ses schakos[1] dans la *Valse des fifres* ;
– Autour, aux premiers rangs, parade le gandin[2] ;
Le notaire pend à ses breloques à chiffres[3] ;

Des rentiers à lorgnons soulignent tous les couacs ;
Les gros bureaux bouffis traînent leurs grosses dames
Auprès desquelles vont, officieux cornacs,
Celles[4] dont les volants ont des airs de réclames ;

Sur les bancs verts, des clubs d'épiciers retraités
Qui tisonnent le sable avec leur canne à pomme,
Fort sérieusement discutent les traités,
Puis prisent en argent, et reprennent : « En somme !... ».

Épatant sur son banc les rondeurs de ses reins,
Un bourgeois à boutons clairs, bedaine flamande,
Savoure son onnaing d'où le tabac par brins
Déborde – vous savez, c'est de la contrebande ; –

Le long des gazons verts ricanent les voyous ;
Et, rendus amoureux par le chant des trombones,
Très naïfs, et fumant des roses, les pioupious[5]
Caressent les bébés pour enjôler les bonnes…

[1] Couvre-chefs

[2] Dandy ridicule

[3] En signe extérieur de richesse, les bourgeois faisaient graver leurs initiales sur leurs bijoux et montres (montres gousset, à l'époque)

[4] Les servantes discrètes

[5] Jeunes militaires

– Moi je suis, débraillé comme un étudiant,
Sous les marronniers verts les alertes fillettes ;
Elles le savent bien ; et tournent en riant,
Vers moi, leurs yeux tout pleins de choses indiscrètes.

Je ne dis pas un mot ; je regarde toujours
La chair de leurs cous blancs brodés de mèches folles ;
Je suis, sous le corsage et les frêles atours,
Le dos divin après la courbe des épaules.

J'ai bientôt déniché la bottine, le bas…
– Je reconstruis les corps, brûlé de belles fièvres.
Elles me trouvent drôle et se parlent tout bas…
– Et je sens les baisers qui me viennent aux lèvres.

Arthur RIMBAUD (1854-1891)
Recueil posthume « Poésies complètes », 1895

Né le 20 octobre 1854 à Charleville, le poète n'a pas seize ans quand il croque cette satire de la bourgeoisie de sa ville natale — dans laquelle il vit encore, même si, rêvant de s'installer à Paris, il a déjà fugué à deux reprises de chez sa mère.

C'est l'un des vingt-deux poèmes rédigés en 1870 (selon toute probabilité entre mars et octobre), sur des feuillets qu'il réunira en deux liasses constituant ce que l'on appelle les *Cahiers de Douai,* et dont le contenu sera publié à titre posthume.

Rimbaud en 1872.
[Détail]
Par Étienne Carjat.

À la promenade

Le ciel si pâle et les arbres si grêles
Semblent sourire à nos costumes clairs
Qui vont flottant légers avec des airs
De nonchalance et des mouvements d'ailes.
Et le vent doux ride l'humble bassin,
Et la lueur du soleil qu'atténue
L'ombre des bas tilleuls de l'avenue
Nous parvient bleue et mourante à dessein.
Trompeurs exquis et coquettes charmantes,
Cœurs tendres mais affranchis du serment,
Nous devisons délicieusement,
Et les amants lutinent les amantes,
De qui la main imperceptible sait
Parfois donner un soufflet, qu'on échange
Contre un baiser sur l'extrême phalange
Du petit doigt, et comme la chose est
Immensément excessive et farouche,
On est puni par un regard très sec,
Lequel contraste, au demeurant, avec
La moue assez clémente de la bouche.

Paul Verlaine en 1867.
[Détail]

Toile par
Frédéric Bazille
(initialement attribuée
à Courbet, dont une fausse
signature recouvrait la
signature authentique).

Paul VERLAINE (1844-1896)
Recueil « Fêtes galantes », 1869

Un poète à la vie tumultueuse, marquée notamment par ses amours orageuses avec Rimbaud, qu'il finit par blesser (légèrement, au-dessus du poignet) d'un coup de pistolet.

Paul Verlaine en 1893.
Par Otto Wegener.

À l'heure où je t'écris

À l'heure où je t'écris, je suis dans un village.
Le soleil brille ; octobre a jauni le feuillage ;
Je vois là-bas les toits d'un charmant vieux château.
Force rouges pommiers couronnent le coteau,
Si chargés qu'on soutient par des fourches leurs branches.
Mon hôtesse est coiffée à la mode d'Avranches
D'un immense bonnet qui lui tombe aux talons.
Dans la cuisine où luit le cuivre des poêlons
Bout un vaste chaudron tout rempli d'herbe verte,
Et, passant au grand trot devant ma porte ouverte,
Un petit paysan rit sur un grand cheval.

Le château fut bâti pour Anne de Laval
Par le beau roi François Premier. Dans les mansardes
Les vieilles font sécher au vent d'affreuses hardes.
Sur la colline où mène un sentier dans les prés,
On aperçoit parmi les branchages pourprés
Un pauvre vieux clocher qui tousse et s'époumone
À convier au prêche Alain, Claude et Simone.

Victor HUGO (1802-1885)
« Dernière gerbe »,
recueil posthume de 1902

Vieille tricoteuse bretonne.

Dans le
Catalogue des tableaux modernes, aquarelles, dessins et pastels.
1900.

À Madame d'Alençon pour être couché sur son état[1]

Princesse au cœur noble et rassis[2],
La fortune que j'ai suivie,
Par force m'a souvent assis
Au froid giron[3] de triste vie ;
De m'y seoir[4] encor me convie,
Mais je réponds, comme fâché :
D'être assis je n'ai plus envie,
Il n'est que d'être bien couché[5].

Je ne suis point des excessifs
Importuns, mais j'ai la pépie[6]
Dont suis au vent comme un châssis[7],
Et debout, ainsi qu'une espie[8] :
Mais s'une[9] fois, en la copie
De votre état je suis merché[10],
Je crierai plus haut qu'une pie :
Il n'est que d'être bien couché.

Marguerite d'Alençon.
Par Jean Clouet.
Vers 1527.

[1] Faire partie de sa *maison* (ensemble du personnel)
[2] Pondéré, sage
[3] Il nous reste l'expression « dans le giron de sa mère »
[4] Asseoir
[5] Rien ne vaut d'être bien couché
[6] Grande soif
[7] Du fait que je suis exposé au vent comme un châssis de fenêtre
[8] Un espion, une sentinelle
[9] Si une
[10] Marqué

L’un soutient contre cinq ou six
Qu’être accoudé, c’est musardie[11] ;
L’autre, qu’il n’est que d’être assis
Pour bien tenir chère hardie[12] ;
L’autre dit que c’est mélodie[13]
D’un homme debout bien fiché[14] ;
Mais, quelque chose que l’on die[15],
Il n’est que d’être bien couché.

Envoi
Princesse de vertu remplie,
Dire puis[16], comme j’ai touché[17],
Si promesse m’est accomplie[18] :
Il n’est que d’être bien couché.

Clément MAROT (1496-1544)
Recueil « L’Adolescence[19] clémentine », 1532-1538

Le jeune Clément a vingt-deux ans lorsqu’il manifeste le souhait d’entrer au service de Marguerite d’Alençon, sœur du roi François Ier et future reine de Navarre, en lui faisant parvenir, en 1518, cette ballade.

Conquise, elle le prend comme valet.

11 Temps perdu

12 Visage assuré (air sûr de soi)

13 Un grand plaisir

14 De voir un homme debout bien fiché en terre

15 Quoique l’on en dise

16 Je puis dire

17 Il nous reste l’expression « en toucher un mot »

18 Si mon espoir se réalise

19 Référence modeste à son manque de maturité littéraire

Clément Marot.

Attribué à Giovanni Battista Moroni.

À ma mère

Ô ma mère et ma nourrice !
Toi dont l'âme protectrice
Me fit des jours composés
Avec un bonheur si rare,
Et qui ne me fus avare
Ni de lait ni de baisers !

Je t'adore, sois bénie.
Tu berças dans l'harmonie
Mon esprit aventureux,
Et loin du railleur frivole
Mon Ode aux astres s'envole :
Sois fière, je suis heureux.

J'ai vaincu l'ombre et le doute.
Qu'importe si l'on écoute
Avec dédain trop souvent
Ma voix par les pleurs voilée,
Quand sur ma lyre étoilée
Tu te penches en rêvant !

Va, je verrai sans envie
Que le destin de ma vie
N'ait pas pu se marier
Aux fortunes éclatantes,
Pourvu que tu te contentes
D'un petit brin de laurier.

16 février 1858.

Théodore de Banville.

Théodore de BANVILLE (1823-1891)
Recueil « Les Exilés », 1867

Au bord de l'eau

S'asseoir tous deux au bord d'un flot qui passe,
Le voir passer ;
Tous deux, s'il glisse un nuage en l'espace,
Le voir glisser ;
À l'horizon, s'il fume un toit de chaume,
Le voir fumer ;
Aux alentours, si quelque fleur embaume,
S'en embaumer ;
Si quelque fruit, où les abeilles goûtent,
Tente, y goûter ;
Si quelque oiseau, dans les bois qui l'écoutent,
Chante, écouter…
Entendre au pied du saule où l'eau murmure
L'eau murmurer,
Ne pas sentir, tant que ce rêve dure,
Le temps durer,
Mais n'apportant de passion profonde
Qu'à s'adorer,
Sans nul souci des querelles du monde,
Les ignorer.
Et seuls, heureux devant tout ce qui lasse,
Sans se lasser,
Sentir l'amour, devant tout ce qui passe,
Ne point passer !

SULLY PRUDHOMME (1839-1907)
Recueil « Les Vaines Tendresses », 1875

Initialement destiné à une carrière d'ingénieur, puis redirigé vers le métier d'avocat, René François Armand Prudhomme, dit Sully Prudhomme[1], commence à connaître le succès en poésie à l'âge de 26 ans, et sera le premier prix Nobel de littérature, le 10 décembre 1901.

[1] Cf. *L'Enfant, tout un Poème* page 56.

À une Demoiselle malade

Ma Mignonne,
Je vous donne
Le bon jour.
Le séjour
C'est prison.
Guérison
Recouvrez,
Puis ouvrez
Votre porte,
Et qu'on sorte
Vitement,
Car Clément
Le vous mande.
Va, friande
De ta bouche,
Qui se couche
En danger
Pour manger
Confitures ;
Si tu dures
Trop malade,
Couleur fade
Tu prendras,
Et perdras
L'embonpoint.
Dieu te doit
Santé bonne,
Ma Mignonne.

Clément MAROT (1496-1544)
Recueil « L'Adolescence clémentine », 1532-1538

L'enfant destinataire de cette épître est présumée être la fille de Marguerite d'Alençon (que Marot avait servie et devenue reine de Navarre), c'est-à-dire la future Jeanne d'Albret, mère du roi Henri IV.

***Les Œuvres Burlesques de Monsieur Scarron dédiées à sa chienne* est le premier véritable ouvrage publié, en 1643, par Paul SCARRON. Satire des auteurs qui dédicacent à tout-va, il porte la dédicace :**

**« A tres-honneste et tres-divertissante chienne
Dame Guillemette, petite levrette de ma sœur,
salut. »**

complétée par une épître à ladite chienne :

« Dame Guillemette,
Je suis Autheur par la grace de Dieu, si c'est assez pour avoir cette qualité là d'estre imprimé avec Bon Privilège[1]. Je confesse pourtant qu'elle se donne à trop bon marché et que le peu qu'elle m'a cousté ne me devroit avoir acquis que celle de faiseur de Vers Burlesques. Avec ce modeste adveu que je fay, vous ne laisserez pas, je m'asseure, de croire que je me vante, et vous aurez de la peine à vous imaginer (si ce proverbe qui dit que nul n'est Prophete en son païs a lieu parmy vous autres Chiens) qu'un homme que vous voyez tous les jours à Paris, dont il est né natif, qui a la teste de costé, qui ne bouge d'une chaise, enfin, qui n'est pas fait comme les autres[2], ait eu l'esprit de s'eriger en Auteur moderne ; [...]
Ô Guillemette, je finiray donc tout court la dedicatoire sans me lasser l'esprit à y chercher quelque conclusion bien pointuë, et je demeurerai comme dans une lettre vulgaire

De Vostre Chiennerie,

**Le tres-affectionné serviteur,
SCARRON. »**

[1] Le *Privilège du Roi*, sans lequel aucun livre ne peut être mis sous presse, est un outil à la fois de protection et de censure : il accorde une autorisation d'imprimer à un imprimeur, ce qui préserve des éditions non autorisées par l'auteur, mais cela se fait après que les *censeurs royaux* aient lu, éventuellement expurgé, et validé, le contenu

[2] Il est rendu difforme et impotent par une maladie rhumatismale invalidante (cf. *POÈMES POUR ÊTRE HEUREUX* volume 4 : *Poésie et Humour*)

Suit le texte du « Privilège du Roy » Louis XIII :

« LOUIS PAR LA GRACE DE DIEU ROY DE FRANCE ET DE NAVARRE ; A nos amez et feaux[1] Conseillers les Gens tenant nos Cours de Parlement, Maistres des Requestes ordinaires de nostre Hostel, Baillifs, Senechaux, Prevost […], salut. Nostre bien-aimé Toussainct Quinet, marchand libraire à Paris, nous a remonstré qu'il a recouvré[2] un livre intitulé *Recueil de quelques vers burlesques* ; lequel il desireroit faire imprimer s'il avait sur ce nos Lettres necessaires, lesquelles il nous a tres-humblement suplié de luy acorder. A CES CAUSES nous avons permis et permettons à l'exposant d'imprimer […], vendre et debiter […] durant six ans entiers […]. Et faisons tres-expresses defenses à toutes personnes […] de l'imprimer […] vendre ny debiter […] sans le consentement de l'exposant […]
DONNE à Paris le dix-septiéme jour d'avril, l'an de grace mil six cens quarante-trois[3]. Et de nostre regne le trente-troisiéme. Signé par le Roy en son Conseil CONRART. Et scellé du grand seau de cire jaune[4]. »

En avant-propos, Scarron place un poème dans lequel il fait mine de reprocher à ses vers de vouloir se faire imprimer contre son avis, et de les prévenir qu'ils vont finir en emballage pour poisson s'ils quittent son bureau (prétendre publier à contre-cœur est alors un jeu à la mode) :

[1] Aimés et loyaux

[2] Réceptionné (Quinet est aussi éditeur)

[3] Louis XIII devait mourir un mois plus tard, le 14 mai 1643 (fils de Henri IV et père de Louis XIV, édificateur d'un pavillon de chasse à Versailles que son fils transformera en palais, travaillant comme peu de rois pour le bien de la France et surnommé *Louis le Juste* par son peuple, il souffre gravement des intestins – atteinte qui semble avoir été une maladie de Crohn – et meurt à moins de quarante-deux ans, bien aidé en cela par son médecin qui, appliquant le traitement usuel de l'époque, lui administre des saignées par dizaines et des lavements par centaines)

[4] Indiquant à la fois qu'il s'agit d'un sceau royal et d'un acte administratif

Aux Vermisseaux

Ha ! vrayment petits Vermisseaux,
Faut bien que vous vous trouviez beaux,
D'oser faire voir vos Guenilles ;
Helas ! vous n'estes que Chenilles.
Petits enfans ecervelez,
Sçavez vous bien ou vous allez ?
Vostre entreprise est bien hautaine,
D'aller courir la pretantaine,
A peine estes vous avortez
Et desja dehors vous sortez ;
Et desja vous courez les ruës ;
Revenez, Rimes malotruës,
Revenez dans mon Cabinet
Et laissez-là Toussainct Quinet,
Quoy qu'il vous prie & qu'il vous presse
D'aller faire joüer sa Presse.
Croyez moi, ne le croyez pas ;
Mais si vous franchissez ce pas,
Si le vain désir d'estre Livre
En-depit de moy vous enyvre,
Voicy ce qui arrivera :
Quelqu'un qui vous achettera
Dira dés la première page :
Foin de l'Autheur et de l'Ouvrage,
Que le Diable luy crache au cu ;
Quinet rendez mon quart d'escu[1],
Et reprenez le livre vostre,
Ou bien delivrez-m'en un autre,
Ne fut-ce qu'un simple Almanac,
Ou libelle contre Balzac,
Ou quelque froide Comedie
Faite par Autheur qui mandie !
Rentrez-donc dans mon cabinet,
Et laissez-là Toussainct Quinet ;

[1] Ce prix d'un quart d'écu pour le livre équivaut environ à celui d'un gros melon ou d'une motte de beurre frais (le beurre salé était 30% moins cher)

Je veux si de vous il vend quatre
Que mon Laquais me puisse battre :
Lors Quinet aura pied de nez,
Et vous serez bien estonnez
Quand quittant la petite Salle
Vous irez habiter la Halle,
Et devenus papiers volans
Chez les vendeuses de Merlans,
Vos pauvres feüilles deschirées
Envelopperont leurs denrées.
Ou du moins Quinet de dépit
De voir si tres-maigre debit
Vous en faisant mine tres-maigre,
Dira d'un ton de voix tres-aigre :
Maudis soient les Vers imprimez
Et celuy qui les a rimez ;
Mais il ne seura pas preud'homme
Car luy-mesme sçait fort bien comme
Malgré mes dents[2], & malgré moy
Il vous imprime sur ma foy,
Et que je m'en lave la patte :
Mais quiconque est galleux se gratte,
Se mouche quiconque est morveux,
M'en tourmenter plus je ne veux.
Et vous mes Rimes ridicules,
Allez faire voir vos macules,
Mon logis en sera plus net
Quand vous logerez chez Quinet[3] ;
Vous qui croyez qu'estre Volume
Vaut mieux qu'estre escrit à la plume,
Et qu'estant de bonne maison,
J'ay tort & vous avez raison,
Que vostre envie est legitime
De vouloir que l'on vous imprime,

[2] Malgré ma résistance

[3] La rime de *net* et *Quinet* nous donne un exemple de différence de prononciation entre le XVIIe siècle et le nôtre

Que tout le monde vous lira,
Que chacun de vous parlera,
Comme on fait des pieces nouvelles,
Que vous aurez dans les ruelles[4]
Presqu'autant d'estime qu'en a
La Sophonisbe, ou le Cinna,
Ibrahim, ou la Mariane,
Alcionée, ou la Roxane
Et les œuvres de Saint Amant
Au stile si rare & charmant ;
Mais de peur qu'il ne vous en deüille,
Revenez dans mon Porte-feüille ;
Cependant que vous l'habitiez,
En quelque estime vous estiez ;
Mais ma foy vous n'y serez gueres
Lors que vous deviendrez vulgaires[5],
Et chacun vous mesprisera
Lors que l'on vous exposera,
Vous appellant des bagatelles.
Apres des Remonstrances telles,
Si vous poursuivez de faillir[6],
Rien n'en doit sur moy rejallir,
J'en ay la conscience nette
Sans lescive & sans savonette :
Mais j'ay peur que Toussainct Quinet
Ne vous donne au Diable tout net.

Paul SCARRON (1610-1660)
« ***Les Œuvres Burlesques de Monsieur Scarron***
dédiées à sa chienne », 1643

Ce recueil connaît dès sa parution un grand succès, et Scarron vivra dès lors plus de sa plume que des requêtes auprès des « grands », sa pratique habituelle jusque là.

[4] Salons de conversation que tenaient les aristocrates
[5] Répandus, quelconques
[6] Si vous persistez à faire erreur

Avenir

Les coquelicots noirs et les bleuets fanés
Dans le foin capiteux qui réjouit l'étable,
La lettre jaunie où mon aïeul respectable
À mon aïeule fit des serments surannés,

La tabatière où mon grand-oncle a mis le nez,
Le trictrac incrusté sur la petite table,
Me ravissent. Ainsi dans un temps supputable
Mes vers vous raviront, vous qui n'êtes pas nés.

Or, je suis très vivant. Le vent qui vient m'envoie
Une odeur d'aubépine en fleur et de lilas,
Le bruit de mes baisers couvre le bruit des glas.

Ô lecteurs à venir, qui vivez dans la joie
Des seize ans, des lilas et des premiers baisers,
Vos amours font jouir mes os décomposés.

Charles CROS (1842-1888)
Recueil « Le Coffret de santal », 1873

Scientifique, inventeur, poète, Charles Cros a une trentaine d'années lorsqu'il forge ce sonnet sur le temps qui passe, gorgé de couleurs, de senteurs, de bruits, de vie.

Charles Cros.

Entre 1860 et 1870.

Boléro

Quand résonne ta castagnette,
La plus leste et la plus coquette,
C'est Pépa, ma Pépita,
Mon beau lutin
Qui rit soir et matin.
Ah ! – j'aime, j'aime –
Ah ! Ah ! – j'aime cette enfant-là.

Lorsqu'elle danse le dimanche,
L'œil au vent, le poing sur la hanche,
Ah ! Pépita, ma Pépita,
Tes beaux yeux bleus
Comme ils sont amoureux !
Ah ! – j'aime, j'aime –
Ah ! Ah ! – j'aime cette enfant-là.

Danseuse de flamenco.

Si jamais Pépa m'oublie,
Si ma fleur, ma fleur chérie
Tombe brisée ou flétrie,
Toi, mon âme, et ma joie, et ma vie,
Tu pourras me trahir
Et moi mourir !
Mais quelle folle ! Ô ma maîtresse !

Tes yeux pleins d'ivresse,
Le Seigneur les a faits
Aussi purs qu'ils sont beaux, aussi doux qu'ils sont vrais.
Allons ! ma belle
Cœur brave et fidèle,
Le soleil est dans les cieux.
Viens danser, viens chanter, et nous mourrons joyeux.

Alfred de MUSSET (1810-1857)
Recueil « Poésies posthumes », 1888

Chanson improvisée en 1840 par le poète, un jour où il se trouvait — a relaté Maurice Allem dans la monographie *Alfred de Musset*, parue en 1912 — « en joyeuse compagnie ».

Dès ses premières publications, Alfred de Musset livre des poèmes à mettre en musique (pour certains, il indique une mélodie connue sur laquelle les chanter).

Alfred de Musset.
Par Charles Landelle.

Bonheur lucide

J'avais le souvenir d'ineffables aurores,
De ruisseaux cascadants cachés dans les vallons,
De pourpres archipels et de grèves sonores
Que visitent les flots crêtés et les hérons.

Je gardais le sourire accueillant des pinières
Qui filtrent le soleil dans leur dôme verni.
J'avais en moi des horizons où les rivières,
Dévalant des hauteurs, coulent vers l'infini.

Et lorsque je voulus m'exprimer, ô Nature,
Je trouvai ma pensée unie à ton décor,
Fondue en toi, plus souple, harmonieuse et pure
Et sachant se parer de symboles et d'or.

Ce n'étaient, cependant, que des baisers rapides
Ces révélations de formes, de couleurs ;
Je passais, tu venais me ravir mais, stupide,
J'allais chercher au loin des plaisirs tapageurs.

Aujourd'hui l'art m'a fait abandonner la hâte
De voir ce qui m'attend au terme du chemin,
Et chasse de mon cœur l'accoutumance ingrate
D'assujettir le jour présent au lendemain.

Libre, je viens à toi, Nature qui m'appelles.
Déjà mes pas, froissant le trêfle, ont dégagé
L'odeur d'après-midi vaguement sensuelles.
Je m'enivre de paix riante et d'air léger.

La lumière éblouit l'esprit et l'étendue.
Les montagnes, là-bas, où finit le lac bleu,
Avec les bois distants en chaîne continue,
Font un cirque parfait, d'un dessin fabuleux.

Des arbres espacés monte le chant des grives.
La beauté de ce jour en moi trouve son nid,
Et semble une caresse ancienne que ravive
Un cœur infiniment lucide et rajeuni.

La rivière aux trois ponts,
Du haut de la côte pelée
Je l'aperçus courant, marchant,
Sinueuse, dans la vallée,
En plein soleil ou se cachant
Derrière un arbre, son ombrelle,
Ou dans un rideau de millet.
Et lorsque j'arrivai près d'elle,
Sur son gravier elle riait.

« Trois ponts, dit-elle, pour un mille
De ce grand chemin poussiéreux !
Les arpenteurs, gent incivile,
Lancèrent des mots furieux,
À me voir toujours dans leurs jambes.
Depuis ce n'est que des mamours,
À ma rencontre les yeux flambent,
Tellement plaisent mes détours.

Et je vais. La vie est charmante
À se trotter ainsi partout :
Un troupeau de bœufs me fréquente,
J'aime à mirer leurs grands yeux doux.
Je reçois des moutons, des chèvres,
Et même là-haut, dans le bois,
Ours et chevreuils, renards et lièvres
Causent un instant avec moi.

Le long de mon itinéraire,
L'orge, le blé, le sarrazin,
Se succèdent pour me distraire.
Les butomes sont mon jardin.

Je vois la lune et les étoiles
Et m'amuse du ciel truqué
Que je deviens, les nuits sans voiles.
Mon bonheur est un peu compliqué.

Le vent, beau raconteur d'histoires,
Dépeint tout un autre univers
Où des rivières peuvent boire
Le lac immense où je me perds.
Il parle de jours sans aurore,
D'étés qui ne finissent pas,
D'éruptions, que sais-je encore…
Je me moque de ce fatras.

Une fois je pensai fort sage,
Sur son conseil, de réfléchir.
Malheur ! Je fis un marécage
Où les ouaouarons vont pourrir.
Il en émerge, d'aventure,
De jaunes et blancs nénuphars,
Mais c'est maussade et sans bordure,
À peine bon pour les canards.

Plus bas il est poussé deux saules
Qui jasent le jour et la nuit
Dans un langage obscur et drôle,
Plein de sentences et d'ennui.
Ils interrogent les narcisses,
Les hiboux, le soleil levant,
Et jusqu'à moi. Prompte, je glisse !
Ils ont trop écouté le vent.

Malgré les notions diverses
Que m'offrent les temps et les lieux,
À suivre un but rien ne m'exerce
Excepté le ruisseau boueux.
Il m'exaspère, alors je tâche

De paver mon lit de cailloux
Afin que demeure sans tache
Le lac clair où je me dissous. »

Alphonse BEAUREGARD (1881-1924)
Recueil « Les Alternances », 1921

La Charrette de foin. Par Jan Siberechts. 1663.

Bruits du soir

Oh ! l'heure douce et calme en été quand décline
Le soleil à demi caché par la colline !
Immobiles tantôt, les arbres languissants
À présent sont émus par des souffles naissants ;
Au bourdonnement lourd de l'heure où l'ombre est tiède
Un bruit doux, fait d'appels et de rires, succède ;
C'est l'instant où les gens, revenus du travail,
Font sortir le mulet et le menu bétail,
Et vont à l'abreuvoir, près du puits solitaire.
On entend sous des pas lointains sonner la terre ;
La cigale attardée au loin frémit encor' ;
Là-bas sur la grand'route où la poussière est d'or,
La charrette au tournant grince en s'ébranlant toute ;
La vigne et l'olivier, aux deux bords de la route,
Secouent leurs blancs rameaux poudreux encor' du jour ;
Et tandis que partout sur les seuils d'alentour,
À l'ombre de la treille où pend la lourde grappe,
La fermière après qui le chien bondit et jappe,
Dresse la table aux plats appétissants à voir,
On peut de tous côtés entendre dans le soir
(Car c'est l'heure agréable et tranquille où l'on puise
Cette eau fraîche qu'attend déjà la table mise),
On peut entendre autour de soi, de tous côtés,
Parmi les cris joyeux dans l'écho répétés
Et les chansons qu'un souffle au loin porte affaiblies,
Le grincement mouillé des seaux et des poulies.

Jean AICARD (1848-1921)
Recueil « Les Poèmes de Provence », 1874

Romancier, dramaturge, et poète qui chante sa Provence adorée, il devient à trente-six ans Président de la Société des gens de lettres et, à soixante-et-un ans, est élu par l'Académie française au fauteuil de François Coppée.

Douzain d'un curé

Notre vicaire, un jour de fête,
Chantait un agnus gringotté,
Tant qu'il pouvait, à pleine tête,
Pensant d'Annette être écouté.
Annette, de l'autre côté,
Pleurait, attentive à son chant,
Dont le vicaire en s'approchant
Lui dit : Pourquoi pleurez-vous, belle ?
Ha ! messire Jean, ce dit elle,
Je pleure un âne qui m'est mort,
Qui avait la voix toute telle
Que vous quant vous criez si fort.

Mellin de Saint-Gelais.
Par François Clouet.

Mellin de SAINT-GELAIS (vers 1491-1558)
Dans l'anthologie « La Fleur de la poésie françoise »,
par Alain Lotrian, 1543

De ce poète nous ne connaissons avec certitude ni ses origines familiales ni sa date de naissance. En revanche, nous savons que c'est un homme instruit et brillant, à la fois astrologue et médecin, ce qui va alors souvent de pair : l'astrologie occupe une place primordiale dans tous les domaines de la société de la Renaissance : médecine, politique (les souverains de toute l'Europe ont un astrologue à leur service), agriculture (les paysans gèrent leurs travaux en fonction des assertions et directives des almanachs spécialisés)… Saint-Gelais est aussi un fin connaisseur de la langue et de la littérature italiennes, ainsi qu'un excellent compositeur, musicien et chanteur. Enfin, il est un poète en concurrence avec les plus grands de son temps, tels Ronsard, Marot ou Du Bellay, et en grande faveur auprès des rois François Ier puis Henri II. Il écrit de nombreux poèmes, vifs et incisifs. Mais, hostile à l'édition, il préfère faire circuler sa production par copies manuscrites ; c'est ainsi que son œuvre s'éparpille puis tombe dans l'oubli, et que, poète essentiel de son époque, il est de nos jours totalement méconnu.

Éloge du *rien*

Dans un lieu du bruit retiré
Où, pour peu qu'on soit modéré,
On peut trouver que tout abonde,
Sans amour, sans ambition,
Exempt de toute passion,
Je jouis d'une paix profonde ;
Et pour m'assurer du seul bien
Que l'on doit estimer au monde,
Tout ce que je n'ai pas, je le compte pour RIEN.

****

Dans la belle saison de l'âge,
Que sert à la félicité
Une illustre naissance, une rare beauté ?
Que sert la gloire d'être sage ?
Que sert un grand domaine, un fertile héritage ?
Et que sert d'avoir à souhait
Tous les biens que le sort peut donner en partage,
Si le cœur n'est pas satisfait ?

Heureuse une bergère aimable,
Qui n'a pour couvrir son beau corps
Qu'une étoffe à peine capable
D'en cacher aux yeux les trésors !
Pauvre de tous les biens que la fortune ordonne,
Mais riche de tous ceux que la nature donne,
Elle a tout sans posséder rien.
Nul vain désir ne la tourmente ;
Et, sans s'apercevoir qu'elle manque de bien,
Elle vit pauvre, mais contente,
Des dons de la terre et du ciel ;
Elle entretient les dons de la sage nature,
Elle vit de lait et de miel,
Elle se rafraîchit et se lave à l'eau pure ;
Et la source qui sert à la désaltérer

La conseille aux beaux jours de fête,
Quand d'un chapeau de fleurs voulant orner sa tête,
Au lever du soleil elle va se mirer.
Qu'il tonne, qu'il grêle, qu'il vente,
Elle n'y prend nul intérêt,
Tout l'accommode et rien ne lui déplaît.

François Séraphin RÉGNIER-DESMARAIS
(1632-1713)
« Recueil de quelques poésies morales », 1700

Diplomate, homme d'église, homme de lettres, membre de l'Académie française où il collabore à l'élaboration du dictionnaire, il signe divers ouvrages dont des poèmes en espagnol et latin, et un *Traité de la grammaire françoise.*

Son hommage au *rien* lui vaut d'être cité par Louis Coquelet (1676-1754) dans son *Éloge de rien, dédié à personne* (ouvrage en prose).

Coquelet, spécialiste du burlesque, récidive en concoctant aussi un *Éloge de quelque chose dédié à quelqu'un*, un *Éloge de la méchante femme*, un *Éloge du mensonge dédié à tout le monde*, et un *Triomphe de la charlatanerie dédié au Grand-Turc*. L'éloge est dans l'air du temps : le lexicographe Antoine Furetière (1619-1688) et le poète italien Alessandro Tassoni (1565-1635) produisent chacun un *Éloge au bourreau* ; le théologien Laurent Bordelon (1653-1730) publie une quarantaine d'ouvrages sur des sujets divers, dont des textes satiriques en prose qu'il qualifie de « péchés mortels », parmi lesquels les *Nouveautés dédiées à gens de differens états, depuis la charruë jusqu'au sceptre* (recueil de dédicaces aux guillemets, bijoux, démangeaisons… et épîtres aux métiers : ravaudeuse, porteuse d'eau, beurrière, perruquier, baigneur, vinaigrier, chandelier, apothicaire…).

Tous ces textes, parodies visant à railler les « faiseurs de dédicaces », sont de la même veine que *Les Œuvres Burlesques de Monsieur Scarron dédiées à sa chienne*.

Épître au roi[1] pour obtenir à monsieur de Fontenelle[2] la permission de passer les Tuileries en chaise à porteurs

Fontenelle. [Détail]
Par Jean-Baptiste Lemoyne.
1748. (Il a 91 ans)

Prince, honneur de la monarchie ;
Roi, délices de vos sujets
Et le désespoir de l'envie ;
Grand, juste, heureux dans vos projets,
Sur l'éloge de qui s'accordent
L'étranger et le citoyen,
Et qu'avec confiance abordent
La noblesse et le plébéien ;
Protecteur de tous gens de bien,
Nommément de l'Académie,
Dont j'ai l'honneur d'être doyen,
Grâce à près de cent ans de vie :

Daignez, Sire, je vous supplie,
Me continuer le moyen
Que j'avais de voir une amie[3],
En prison de l'autorité
Des juges de la Faculté[4],
Et pour fait de cacochymie[5].

Madame de Tencin.
Par Joseph Aved.

[1] Louis XV

[2] Bernard Le Bouyer (ou Le Bovier) de Fontenelle, mort quasi centenaire puisque né le 11 février 1657 et décédé le 9 janvier 1757

[3] Madame de Tencin (1682-1749) : elle a déménagé, et se trouve séparée par les Tuileries de Fontenelle qui habite au Palais-Royal (elle tient un *salon* des plus réputés, où l'on discute de ses passions : la politique et la finance, ainsi que de littérature et des sujets en vogue)

[4] Les médecins

[5] « Réplétion de mauvaises humeurs dans la masse du sang » selon le *Traité de Physiologie appliquée à la Pathologie* publié en 1823

Hélas ! entre elle et moi le sort,
Pour éternelles galeries,
Vient de poser, du sud au nord,
La rivière et les Tuileries.

Fontenelle.
Par Nicolas de Largillière.

Deux serviteurs, auparavant,
L'un derrière, l'autre devant,
Et moi, tant bien que mal à l'aise
Entre la goutte et mes vieux ans,
Écuyers assez déplaisants,
Empaqueté dans une chaise,
Chez cette dame, à petit bruit,
Depuis nombre et nombre d'années,
Tous les jolis jours que Dieu fit,
Nous allions les après-dinées.

J'arrivais là sans m'échauffer :
Peu de pas en faisaient l'affaire.
Là, près d'elle, nonagénaire,
J'achevais de philosopher,
Passant le temps de ma visite
Au centre d'un cercle d'élite
Attentif à ma faible voix ;
Y parlant beaux-arts et nature,
Sciences et littérature,
Même y politiquant parfois ;
Mais cela, Sire, je vous jure,
Par amour pour vous toute pure,
Seulement pour faire à mon choix
Venir, comme par aventure,
Le petit mot sur vos exploits,
Et pour bénir les destinées
D'avoir prolongé mes années
Jusqu'aux jours heureux que je vois :

Bodin[6], Dufresny et Crébillon
à la Maison d'Auteuil.
Par Jacques Autreau.
1716.

Au fond à droite,
madame de Tencin,
alors âgée de 34 ans,
sert du chocolat
(introduit en France depuis un siècle
seulement, il n'est encore accessible
qu'à la noblesse et à la bourgeoisie)

[6] Médecin du roi

Jours de paix, et de paix durable,
Paix glorieuse au nom français[7],
Digne ouvrage du plus aimable
Et du plus aimé de nos rois[8].

J'en eusse eu bien encore à dire
Avant mes cent ans révolus ;
Eh ! quel temps y pourrait suffire ?
Des sentiments qui vous sont dus
Et que votre personne inspire,
Le cœur s'emplit de plus en plus.
L'orateur, en paix comme en guerre,
Jamais ne fut donc mieux en fonds.
Je triompherais, j'en réponds ;
Mais voilà ma tribune à terre,
Et mes gens par-delà les ponts.
À travers vos jardins, en chaise,
Permettez que je coure après ;
D'un détour affreux, qu'il vous plaise
Me sauver la honte et les frais !
Oui, la honte, car j'envisage
Que ce serait acte peu sage
Et tout des plus irréguliers,
Qu'un homme lettré de mon âge
Prît le chemin des écoliers.

Fontenelle.
[Détail]
Par Louis Galloche.
1723.
(il a 66 ans)

[7] Traité d'Aix-la-Chapelle, signé le 18 octobre 1748

[8] Surnommé jusque là *Louis le Bien-Aimé*, c'est justement à partir de ce moment que le roi devient mal aimé de son peuple, qui n'accepte pas que, par ce traité, la France ait restitué les territoires gagnés lors de la guerre de Succession d'Autriche à laquelle il a mis fin, territoires qui avaient été conquis au prix de nombreuses pertes humaines et d'un gros effort financier

Le premier jour d'Académie,
Avant trois heures et demie,
Si Votre Majesté bénigne[9]
D'un Bon[10] trouve ce placet digne,
Foi de doyen, je lui promets
De le dire à tous mes cadets.
À cette nouvelle, je gage
Que je vais en bruyants parloirs
Changer vos tranquilles dortoirs,
Tous nos fauteuils en trémoussoirs,
Et faire, devant votre image,
Jouer trente-neuf encensoirs.

Puis, envers vous, faut-il ensuite
Qu'en belles phrases je m'acquitte.
J'aurai la clef des réservoirs.
Je serai là, dans l'hippodrome
Où Pégase a ses plus beaux airs,
Dans l'endroit de votre royaume
Le plus fertile en gens diserts.
Sur une si riche matière,
Rester court en terrain si beau,
Dans le milieu de la rivière
Ce serait ne point trouver d'eau.

En ce pays de connaissance,
Depuis environ soixante ans,
Sous mes yeux, la reconnaissance,
Au sein de la pure éloquence,
Puise et repuise à tous moments,
Pour faits de bien moindre importance,
De merveilleux remerciements.

[9] Bienveillante
[10] Le *Bon royal* accorde une dérogation

Mon crédit, en ces lieux, se vante
D'en faire faire à votre gré ;
Et pour un que je vous devrai
Je vous en garantis quarante.

Alexis PIRON (1689-1773)
Recueil posthume
« Œuvres complètes d'Alexis Piron », 1776

Bon vivant et écrivain satirique que Grimm surnomme la « machine à saillies », Piron a déclenché un scandale à l'âge de vingt ans quand s'est répandue une *Ode à Priape*[11] qu'il avait adressée à un ami.

Fontenelle, qui l'aime aussi puissamment que Voltaire le déteste, aurait dit à ce sujet : « Si Piron a fait la fameuse ode, il faut bien le gronder, mais l'admettre ; s'il ne l'a pas faite, fermons-lui la porte. »

Piron adresse au roi, au nom de Fontenelle, cette demande de faveur, dans une période que l'on peut situer entre le 18 octobre 1748, date du traité d'Aix-la-Chapelle auquel il fait allusion dans le texte, et le 4 décembre 1749, jour du décès de madame de Tencin.[12]

Alexis Piron.
Par Jean-Jacques Caffieri.
1762.

Crédit : Musée des Beaux Arts, Dijon.
Sous licence CC BY-SA 3.0.

[11] Elle ne peut figurer dans aucun des volumes de la présente série, mais aura sa place dans l'un des volumes de la série *ÉROTIQUE, LIBERTINE, LICENCIEUSE… POÉSIES.*

[12] Période correspondant à la date de sculpture du buste de Fontenelle présenté page 42

Faire l’amour alors qu’il me défait

Faire l’amour alors qu’il me défait,
Et tout défait, l’amour même défaire,
Le défaisant, le rendre plus parfait,
Le parfaisant, l’éprouver plus contraire.

Se délecter aux plaies qu’il me fait,[1]
Chanter l’honneur de mon fier adversaire ;
Et de cent maux endurés en effet
Ne rapporter qu’un bien imaginaire.

Cacher son mal de crainte de le voir,
Crier merci de faire son devoir,
En même temps se louer et se plaindre,

Se détester et se faire la cour,
Se mépriser et soi-même se craindre,
C’est en deux mots la défaite d’amour.

Vital d’AUDIGUIER de la MENOR
(vers 1564/69 - pas après 1627)
Recueil « La Défaite d’amour », 1606

Fils d’un magistrat qui lui cède sa charge, il la conserve quelques années, puis se fait, un temps, soldat, et finalement décide de vivre de sa plume.

Il transpose alors sa vie aventureuse dans des romans dont le succès dépasse les frontières de la France, écrit des poésies, traduit des œuvres d’auteurs espagnols... et meurt assassiné après une querelle de jeu (l’événement aurait eu lieu « au faubourg Saint-Germain, vers l’an 1624 », selon le poète et essayiste Guillaume Colletet[2], et il est évoqué dans un ouvrage du romancier Charles Sorel paru en 1627).

[1] Le vers comporte bien les dix syllabes requises car, au XVIIe siècle, la terminaison *es* (de *plaies*), aujourd’hui muette, se prononce

[2] Cf. page 76 du volume 5 et page 26 du volume 4 de cette série *POÈMES POUR ÊTRE HEUREUX*

Pense-t-il aux raisins ? [Détail]

Par François Boucher. 1747.

Fantaisie

Il est un air pour qui je donnerais
Tout Rossini, tout Mozart, tout Weber,
Un air très vieux, languissant et funèbre,
Qui pour moi seul a des charmes secrets.

Or, chaque fois que je viens à l'entendre,
De deux cents ans mon âme rajeunit :
C'est sous Louis-Treize et je crois voir s'étendre
Un coteau vert, que le couchant jaunit ;

Puis un château de brique à coins de pierre,
Aux vitraux teints de rougeâtres couleurs,
Ceint de grands parcs, avec une rivière
Baignant ses pieds, qui coule entre des fleurs.

Puis une dame à sa haute fenêtre,
Blonde aux yeux noirs, en ses habits anciens…
Que, dans une autre existence, peut-être,
J'ai déjà vue, et dont je me souviens !

Gérard de NERVAL (1808-1855)
de son vrai nom Gérard Labrunie[1]

Recueil
« Petits châteaux de Bohême –
Odelettes rythmiques et lyriques »,
1853.

Gérard de Nerval.

Photo : Félix Nadar.

[1] Cf. *POÈMES POUR ÊTRE HEUREUX* volume 2 : *L'Enfant, tout un Poème*

Fêtes de village en plein air

Le bal champêtre est sous la tente.
On prend en vain des airs moqueurs ;
Toute une musique flottante
Passe des oreilles aux cœurs.

On entre, on fait cette débauche
De voir danser en plein midi
Près d'une Madelon point gauche
Un Gros-Pierre point engourdi.

On regarde les marrons frire ;
La bière mousse, et les plateaux
Offrent aux dents pleines de rire
Des mosaïques de gâteaux.

Le soir, on va dîner sur l'herbe ;
On est gai, content, berger, roi,
Et, sans savoir comment, superbe,
Et tendre, sans savoir pourquoi.

Feuilles vertes et nappes blanches ;
Le couchant met le bois en feu ;
La joie ouvre ses ailes franches ;
Comme le ciel immense est bleu !

Victor HUGO (1802-1885)
Recueil « Les Chansons des rues et des bois », 1865

La Danse des paysans.
[Détails]
Par Pieter Brueghel l'Ancien.
Vers 1568.

La Danse des paysans.

Par Pieter Brueghel l'Ancien. Vers 1568.

Heureux qui, comme Ulysse, a fait un beau voyage

Heureux qui, comme Ulysse, a fait un beau voyage,
Ou comme celui-là qui conquit la toison,
Et puis est retourné, plein d'usage et raison,
Vivre entre ses parents le reste de son âge !

Quand reverrai-je, hélas, de mon petit village
Fumer la cheminée, et en quelle saison
Reverrai-je le clos de ma pauvre maison,
Qui m'est une province et beaucoup davantage ?

Plus me plaît le séjour qu'ont bâti mes aïeux
Que des palais Romains le front audacieux,
Plus que le marbre dur me plaît l'ardoise fine ;

Plus mon Loire[1] gaulois, que le Tibre latin,
Plus mon petit Liré, que le mont Palatin,
Et plus que l'air marin la douceur angevine.

Joachim DU BELLAY (vers 1522-1560)
Recueil « Les Regrets », 1558

Joachim Du Bellay.
Par Jean Cousin le Jeune.

Installé à Rome, de 1553 à 1557, en tant que secrétaire du cardinal Jean Du Bellay, un cousin diplomate de son père, le poète prend plaisir à découvrir la ville antique mais se languit mélancoliquement de l'Anjou de ses attaches familiales.

[1] Du Bellay masculinise la Loire (autre exemple dans un sonnet du recueil *L'Olive* :
« Loyre fameux, qui ta petite source
Enfles de maintz gros fleuves et ruysseaux »)

La bouille-abaisse

« Embarque, les amis ! c'est dimanche demain.
– La dame-jeanne ici ! – Pousse. – Donne la main.
– As-tu le pain ? – Bon ça ! – Garçon, largue les voiles ! »

Le ciel est comme un champ plein d'un semis d'étoiles ;
N'est-ce pas, paysans qui, le samedi soir,
Par un beau temps, fendez le flot bleuâtre et noir,
Et, traînant vos filets dans les vagues profondes,
Cherchez la bouille-abaisse en fuite sous les ondes ?
Le grand filet plombé racle le fond de l'eau,
Ramassant ou courbant l'algue comme un râteau,
Et le poisson surpris s'embrouille dans la maille ;
Mais le fond montueux par instant le tiraille,
Et l'aviron ne peut l'arracher, sans le vent.
La brise souffle donc, et les pousse en avant ;
Et l'un baigne sa main au fil du frais sillage,
L'autre fume sa pipe en regardant la plage,
Et ceux-ci sur le banc qui les berce étendus
Fredonnent de vieux airs, les yeux au ciel perdus.

Un souvenir du jour, nuits d'été, vous colore ;
Nuits trop courtes ! Voici déjà la blanche aurore ;
Le sommeil flotte, vague, amortissant les voix.
Le filet se retire et s'emplit plusieurs fois.
« Regarde faseyer[1], petit, le point d'amure :
Le vent mollit, ramons ! » — Et dans un grand murmure
La barque file, ayant ses avirons armés,
Qui, rapides et forts, coupent les flots calmés.
Obliquant tous ensemble, à peine sans secousse
Ont-ils plongé dans l'eau qui résiste et repousse
Qu'on les revoit soudain, horizontaux encor,
Emperlés et frangés de gouttelettes d'or !

[1] Flotter par manque de vent

La mer rit au soleil. Les côtes se font proches,
Et des groupes amis s'avançant sur les roches
Appellent. « Avez-vous bonne pêche ? – Oui. – Non. »
On hèle le patron affairé par son nom :
« Patron Vincent ! » Mais lui : « Barre à tribord, prends garde !
– À terre ! Les paniers ici ! » Chacun regarde :
« C'est beaucoup. – Non, c'est peu. – Voyons ! – Tout est vivant ! »
Les porteurs du panier trop plein marchent devant,
Et sur la longue table, à l'abri de la treille,
On a posé bientôt et vidé la corbeille,
Pendant que les pêcheurs, à l'ombre des mûriers,
Dorment, avec leurs bras croisés pour oreillers.

Ô trésors ruisselants de la mer indulgente !
Ce sont les loups zébrés dont le ventre s'argente ;
La girelle, rayée en long de bleu, de vert
Et d'orangé ; le crabe affreux au croc ouvert ;
La langouste aux anneaux polis, aux tons de laque,
Et dont la queue au ventre est repliée et claque ;
La sole plate et mince, et le rouquier qui sent
Les rochers sous lesquels dans l'algue il va glissant ;
La rascasse méchante au dos qui se hérisse ;
Et tout cela se tord, bondit, ondoie et glisse,
Étranges arcs-en-ciel mouillés et radieux,
Prismes éblouissants de nageoires et d'yeux.

En plein air, le chaudron où le poisson fourmille
Sur un trépied géant fume, et le feu pétille,
Sans relâche nourri de ceps et de sarments.
Le thym nage sur l'huile, et des bouillonnements
Annonceront bientôt la bouille-abaisse prête.
La table sous la treille a pris un air de fête.
La bouteille sourit, et les couverts d'étain
Prennent, grâce au soleil, un éclat argentin.
– Çà, le chaudron bouillonne ; accourez, qu'on l'enlève !

Cuisiniers, éveillez les dormeurs de leur rêve,
Et qu'on dévore enfin de la bouche et des yeux
Le mets chéri, le plat consacré des aïeux,
D'où s'exhale l'odeur des collines, et celle
De la mer qui là-bas au soleil étincelle.

Jean AICARD (1848-1921)
Recueil « Les Poèmes de Provence », 1874

Coin de table.
Par
Henri
Fantin-Latour.
1872.

La chanson des blondes

Provençaux, le soleil d'ici
Ne voit pas que des filles brunes ;
Nous avons des blondes aussi,
Et j'en veux nommer quelques-unes :
Parmi notre mourvèze noir,
Voyez, le blanc muscat abonde ;
Du muscat blanc mis au pressoir
La liqueur est blonde !

Le soleil d'ici, bien que dur,
Ne brunit pas toutes nos filles :
Voyez nos gerbes de blé mûr,
Qui sont blondes sous les faucilles !
Et toi qui bénis la chaleur,
Cigale, ô chanteuse féconde,
Ton joli corps a la couleur
De la moisson blonde !

Le soleil qui blondit nos blés
Ne hâle pas toutes nos belles :
Dans nos oliviers contemplez
Les vertes olives nouvelles ;
Novembre les noircit, d'accord !…
À la cueillette tout le monde !
On les écrase et l'huile en sort,
La belle huile blonde !

Champ d'oliviers.

Par Vincent Van Gogh.
1889.

Notre beau soleil réchauffant
Ne brunit pas tout ce qu'il touche :
La mer est une belle enfant
Qui chante, bercée en sa couche.
Le soleil vient, dès son réveil,
Caresser sa poitrine ronde :
La mer aux yeux bleus, grand soleil,
Est sa reine blonde !

Jean AICARD (1848-1921)
Recueil « Les Poèmes de Provence », 1874

Jean Aicard.

Par Félix Régamey.
1878.

La chanson du rayon de lune

Sais-tu qui je suis ? Le Rayon de Lune.
Sais-tu d'où je viens ? Regarde là-haut.
Ma mère est brillante, et la nuit est brune.
Je rampe sous l'arbre et glisse sur l'eau ;
Je m'étends sur l'herbe et cours sur la dune ;
Je grimpe au mur noir, au tronc du bouleau,
Comme un maraudeur qui cherche fortune.
Je n'ai jamais froid ; je n'ai jamais chaud.
Je suis si petit que je passe
Où nul autre ne passerait.
Aux vitres je colle ma face
Et j'ai surpris plus d'un secret.
Je me couche de place en place
Et les bêtes de la forêt,
Les amoureux au pied distrait,
Pour mieux s'aimer suivent ma trace.
Puis, quand je me perds dans l'espace,
Je laisse au cœur un long regret.

Rossignol et fauvette
Pour moi chantent au faîte
Des ormes ou des pins.
J'aime à mettre ma tête
Au terrier des lapins,
Lors, quittant sa retraite
Avec des bonds soudains,
Chacun part et se jette
À travers les chemins.
Au fond des creux ravins
Je réveille les daims
Et la biche inquiète.
Elle évente, muette,
Le chasseur qui la guette
La mort entre les mains,
Ou les appels lointains

Du grand cerf qui s'apprête
Aux amours clandestins.

Ma mère soulève
Les flots écumeux,
Alors je me lève,
Et sur chaque grève
J'agite mes feux.
Puis j'endors la sève
Par le bois ombreux ;
Et ma clarté brève,
Dans les chemins creux,
Parfois semble un glaive
Au passant peureux.
Je donne le rêve
Aux esprits joyeux,
Un instant de trêve
Aux cœurs malheureux.

Sais-tu qui je suis ? Le Rayon de Lune.
Et sais-tu pourquoi je viens de là-haut ?
Sous les arbres noirs la nuit était brune ;
Tu pouvais te perdre et glisser dans l'eau,
Errer par les bois, vaguer sur la dune,
Te heurter dans l'ombre au tronc du bouleau.
Je veux te montrer la route opportune ;
Et voilà pourquoi je viens de là-haut.

Guy de MAUPASSANT (1850-1893)
Recueil « Des Vers », 1880

La goutte de rosée

« Petite perle cristalline
Tremblante fille du matin,
Au bout de la feuille de thym
Que fais-tu là sur la colline ?

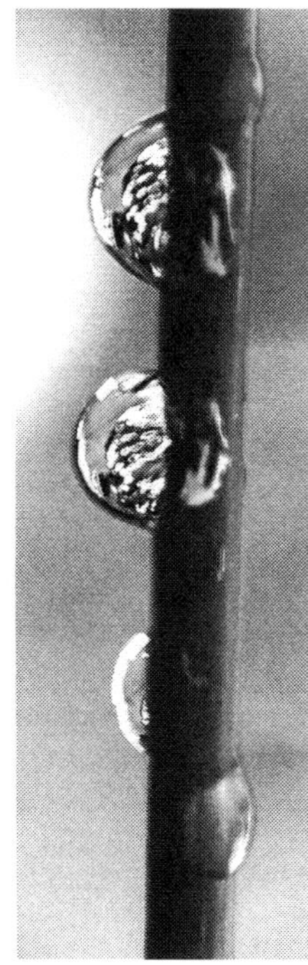

Avant la fleur, avant l'oiseau,
Avant le réveil de l'aurore,
Quand le vallon sommeille encore,
Que fais-tu là sur le coteau ?

– Ce que je fais sur la colline ?
Je m'y prépare, avec amour,
À m'offrir, quand viendra le jour,
Pure, à sa pureté divine.

Tu le sais, son rayon n'est beau
Que pour la goutte transparente,
Voilà pourquoi, persévérante,
Je l'attends là, sur le coteau. »

Du coteau la cime se dore,
L'oiseau se réveille en son nid,
Et la fleur s'empresse d'éclore…
Mais voyez la goutte qui luit !

Du prisme toute la richesse,
Du soleil toute la splendeur,
Captives dans sa petitesse,
Y font éclater leur grandeur.

« Pour que tant de magnificence
En ton sein vierge ait éclaté,
Dis-moi, d'où te vient ta puissance ?
– Ami, c'est de ma pureté. »

Henri-Frédéric AMIEL (1821-1881)
Recueil « Grains de mil », 1854

Ce Suisse Romand professeur d'esthétique et de littérature française à l'Université de Genève, philosophe, écrivain et poète, a la particularité d'avoir tenu, durant ses quarante-deux dernières années, soit plus des deux tiers de sa vie, un colossal journal intime de 16 847 pages, un condensé de mélancolie, qui ne fut découvert qu'après son décès.

Ce poème est paru le 1er janvier 1843 dans la revue *Chrysalide* dont Amiel était cofondateur, puis publié dans le recueil *Grains de mil* en 1854.

Henri-Frédéric Amiel.

Par Joseph Hornung. 1852.

La jeunesse n'a qu'un temps

Notre avenir doit éclore
Au soleil de nos vingt ans !
Aimons et chantons encore,
La jeunesse n'a qu'un temps.

Si la maîtresse choisie,
Qui nous aime par hasard,
Fait fleurir la poésie
Aux flammes de son regard,

Lui sachant gré d'être belle,
Sans nous faire de tourments
Aimons-la — même infidèle…
La jeunesse n'a qu'un temps.

Puisque les plus belles choses,
Les amours et la beauté,
Comme le lis et les roses
N'ont qu'une saison d'été,

Quand mai tout en fleurs arbore
Le drapeau vert du printemps
Aimons et chantons encore :
La jeunesse n'a qu'un temps.

Notre avenir doit éclore
Au soleil de nos vingt ans !
Aimons et chantons encore,
La jeunesse n'a qu'un temps.

Henry Murger.

Par Nadar.
1857.
(sur cette photo,
il a 35 ans)

Henry MURGER (1822-1861)
Recueil « Les Nuits d'hiver », 1856

La lune

Jeanne songeait, sur l'herbe assise, grave et rose ;
Je m'approchai : – Dis-moi si tu veux quelque chose,
Jeanne ? – car j'obéis à ces charmants amours,
Je les guette, et je cherche à comprendre toujours
Tout ce qui peut passer par ces divines têtes.
Jeanne m'a répondu : – Je voudrais voir des bêtes.
Alors je lui montrai dans l'herbe une fourmi.
– Vois ! – Mais Jeanne ne fut contente qu'à demi.
Non, les bêtes, c'est gros, me dit-elle.

Leur rêve,
C'est le grand. L'océan les attire à sa grève,
Les berçant de son chant rauque, et les captivant
Par l'ombre, et par la fuite effrayante du vent.
Ils aiment l'épouvante, il leur faut le prodige.
– Je n'ai pas d'éléphant sous la main, répondis-je.
Veux-tu quelque autre chose ? Ô Jeanne, on te le doit !
Parle. – Alors Jeanne au ciel leva son petit doigt.
Ça, dit-elle. – C'était l'heure où le soir commence.
Je vis à l'horizon surgir la lune immense.

Victor HUGO (1802-1885)
Recueil « L'Art d'être grand-père », 1877

Victor Hugo.
[Détail]

Par le Comte Ostrorog.
Vers 1875.

La maison du matin

La maison du matin rit au bord de la mer,
La maison blanche, au toit de tuiles rose clair.
Derrière un pâle écran de frêle mousseline,
Le soleil luit, voilé comme une perle fine ;
Et du haut des rochers redoutés du marin,
Tout l'espace frissonne au vent frais du matin.
Lyda, debout au seuil que la vigne décore,
Un enfant sur les bras, sourit, grave, à l'aurore,
Et laisse, regardant au large, le vent fou
Dénouer ses cheveux mal fixés sur son cou.
Par l'escalier du ciel l'enfantine journée
Descend, légère et blanche, et de fleurs couronnée,
Et, pour mieux l'accueillir, la mer au sein changeant
Scintille à l'horizon, toute blanche d'argent…
Mais déjà les enfants s'échappent ; vers la plage
Ils courent, mi-vêtus, chercher le coquillage.
En vain Lyda les gronde : enivrés du ciel clair
Leur rire de cristal s'éparpille dans l'air…
La maison du matin rit au bord de la mer.

Albert SAMAIN (1858-1900)
Recueil « Aux flancs du vase », 1898

Vers de
Albert Samain.

Au Jardin des Poètes,
Paris (16e).

La mère Jeanne

Dans la vie on ne reste guère
À l'âge riant des amours,
Les ans vont comme les rivières,
Et rien n'en peut barrer le cours.
Je ne suis plus la fille fraîche
Que l'on appelait Jeanneton ;
Le soleil a rougi la pêche,
Le rosier n'est plus en bouton.

Je suis la mère Jeanne,
Et j'aime tous mes nourrissons,
Mon cochon, mon taureau, mon âne,
Vaches, poulets, filles, garçons,
Dindons, et j'aime leurs chansons,
Comme étant jeune paysanne,
J'aimais la voix de mes pinsons.

Quand j'étais encore jeunette,
Une autre ne posait pas mieux
Le papillon de sa cornette
Et le chignon de ses cheveux ;
Maintenant c'est une autre affaire,
II s'agit bien de coqueter…
Du jour qu'on est mère et fermière,
On a d'autres chiens à fouetter.

Je suis la mère Jeanne,
Et j'aime tous mes nourrissons,
Mon cochon, mon taureau, mon âne,
Vaches, poulets, filles, garçons,
Dindons, et j'aime leurs chansons,
Comme étant jeune paysanne,
J'aimais la voix de mes pinsons.

C'est la moisson, c'est la vendange,
Les semailles, la fenaison ;
C'est la lessive, et tout ça mange,
Tout ça boit plus que de raison.
Il faut qu'à tout je remédie,
Le bétail est ensorcelé,
Les enfants ont la maladie,
Cette nuit la vache a vêlé.

Je suis la mère Jeanne,
Et j'aime tous mes nourrissons,
Mon cochon, mon taureau, mon âne,
Vaches, poulets, filles, garçons,
Dindons, et j'aime leurs chansons,
Comme étant jeune paysanne,
J'aimais la voix de mes pinsons.

Venez, poules à crête rouge,
Et mon beau coq tambour-major !
J'aime que tout ce monde bouge,
Je vois remuer mon trésor :
Ces marcassins, ce veau qui tète,
Ces canetons qui vont nageant,
Cet agneau qui bêle à tue-tête,
C'est pour moi le bruit de l'argent.

Je suis la mère Jeanne,
Et j'aime tous mes nourrissons,
Mon cochon, mon taureau, mon âne,
Vaches, poulets, filles, garçons,
Dindons, et j'aime leurs chansons,
Comme étant jeune paysanne,
J'aimais la voix de mes pinsons.

C’est qu’il en faut dans un ménage
De l’argent blanc, de l’or vaillant ;
On n’en gagne pour son usage
Qu’en bien veillant et travaillant ;
Par-dessus, votre homme se grise,
Et trébuche en rentrant au nid ;
On se bat, mais après la crise
On s’embrasse et tout est fini.

Je suis la mère Jeanne,
Et j’aime tous mes nourrissons,
Mon cochon, mon taureau, mon âne,
Vaches, poulets, filles, garçons,
Dindons, et j’aime leurs chansons,
Comme étant jeune paysanne,
J’aimais la voix de mes pinsons.

Pierre DUPONT (1821-1870)
Recueil « Chants et chansons », 1851

À l’exception d’une parenthèse de quelques années au cours desquelles il s’immerge en politique et écrit des chansons engagées (*Le Chant des ouvriers* en 1846, *Le Chant des transportés* en 1848…), Pierre Dupont est un poète-chansonnier qui défend la chanson rustique aux accents bucoliques.

Pierre Dupont.

La moustouire[1]

« Holà, voisin ! ma vigne est mûre ; qu'on se prête :
Aidez-nous, et demain, notre vendange faite,
Nous irons vous aider de même à notre tour. »

C'est pourquoi le coteau, dès la pointe du jour,
Est plein d'éclats de rire et de chansons alertes ;
Cachés jusqu'à mi-corps parmi les vignes vertes,
En groupes espacés, on voit les paysans
Se courber pour cueillir la grappe aux grains luisants.
Les filles qu'on lutine ont la réplique franche ;
Leur court jupon rayé, gros de plis sur la hanche,
Montre la fermeté de leur jambe, et vos yeux
Sont brillants de plaisir, ô travailleurs joyeux.
La serpe va et vient. Parfois l'un d'eux se dresse,
Appelle, et dans sa main, prétexte à la paresse,
On admire un moment, lourde et pareille à l'or,
Une grappe où le pampre en festons tremble encore,
Fruit rare et mieux venu qui se garde ou se mange.
Tout courbés sous le poids des mannes de vendange,
Les porteurs, leur coussin à l'épaule, là-bas,
Gagnent avec lenteur, car voici qu'ils sont las,
La cuve où des enfants dansent, les jambes nues,
Sur le flot de raisins épanché des cornues.
La serpe va et vient. L'année est bonne : on rit.
Le soleil fait le vin, qui fait content l'esprit :
Merci, soleil ! On chante, on s'appelle, on babille.

Cependant derrière elle une oublieuse fille
Laisse un beau grappillon que, sous le pampre vert,
Un galant aux aguets a bientôt découvert.
« La moustouire ! » dit-il, car la fille est jolie :
Il doit, ayant coupé la grappe qu'elle oublie,
L'en barbouiller d'abord pour l'embrasser après.
Déjà la fille court, mais il la suit de près,

[1] Coutume provençale (le mot vient de « moût »)

La saisit par la robe et la belle s'arrête ;
Dans ses bras repliés elle a caché sa tête.
Il la prend par la taille ; elle veut de sa main
Ouvrir les doigts pressants du garçon, mais en vain.
Son beau corps prisonnier se tord, se glisse et ploie,
Et le jeune homme ardent qui palpite de joie
Attire près du sien le visage charmant,
Et, changeant en plaisir le juste châtiment,
Laissant à ses pieds choir la grappe redoutée,
N'inflige qu'à demi la peine méritée.
Ô vendange ! Ô baisers ! sur son visage pur
S'il avait fait jaillir le jus du raisin mûr,
Vraiment la belle enfant ne serait pas plus rose !

La serpe va et vient. On chante, on rit, on cause…
« On ne m'y prendra plus », dit la belle en rêvant.
Mais n'importe, elle t'aime, ô jeune homme et souvent,
Troublée au souvenir des baisers de ta bouche,
Elle oublie à dessein des grappes à la souche.

Jean AICARD (1848-1921)
Recueil « Les Poèmes de Provence », 1874

Taccuino Sanitatis - Automne.

XIVe siècle.

Les Très Riches Heures du duc de Berry – Septembre.
(Au second plan, le château de Saumur, en Anjou)

Ouvrage commencé par les frères Pol, Johan et Herman de Limbourg vers 1410-1413, et poursuivi après leur mort pendant plus de 70 ans.

La neige

J’aime la neige éblouissante
Qui couronne les vieilles tours,
Et sur les arbres qu’elle argente
Courbe la feuille jaunissante,
Dernier souvenir des beaux jours.

Ses blancs flocons avec mystère
Reposent au toit des maisons,
Et d’une tunique légère
Voilent la face de la terre,
Ainsi que de molles toisons.

Écoutez ! tout semble immobile,
La neige endort tous les échos ;
Sans bruit passe la foule agile,
Et sur l’enceinte de la ville
Pèse un mystérieux repos.

La ville est un camp qui sommeille
Avec ses muets pavillons,
Quand le vent n’apporte à l’oreille
Que la voix du soldat qui veille,
Dans l’absence des bataillons.

C’est une flotte dont la grâce
Fait rêver aux golfes des cieux,
Une blanche flotte qui passe,
Et qui semble au loin dans l’espace
Suivre un astre silencieux.

Dolmen sous la neige.
[Détail]
Par
Caspar David Friedrich.
1807.

La Pie. [Détail] Par Claude Monet. 1868-1869.

L'arbre balancé par l'orage
Est un mât penché sur les mers,
Chaque brise un chant de la plage,
Chaque voix un cri du rivage
Prolongé sur les flots amers.

Et le soir quand la ville étale
L'éclat de ses mille flambeaux,
C'est une tente triomphale
Qui, dans sa grâce orientale,
Garde la couche d'un héros.

Antoine de LATOUR (1808-1881)
Recueil « La Vie intime », 1833

Résidant une vingtaine d'années en Espagne, où il est secrétaire particulier du duc de Montpensier (fils du roi de France Louis-Philippe et prétendant au trône d'Espagne), Antoine de Latour traduit de nombreux auteurs espagnols qu'il permet de faire connaître en France.

La palidonie

Je croyais que vous eussiez
Mille vertus héroïques :
Je croyais que vous fussiez
De ces esprits angéliques.
Aujourd'hui l'émotion
D'une folle passion
Montre le fond de votre âme
Où je vois distinctement
Que vous n'êtes qu'une femme,
Mais femme, parfaitement.

Tristan L'HERMITE (1601-1655)
Recueil « Les Amours de Tristan », 1638

Tristan L'Hermite — François de son véritable prénom, et dont la famille dit descendre du prédicateur de la première croisade Pierre L'Hermite — mène une jeunesse querelleuse et agitée. Après quoi il entre en littérature, se faisant essentiellement connaître de ses contemporains pour sa production théâtrale. Mais son écriture est plus diverse (ses *Lettres mêlées* et ses *Plaidoyers historiques* sont des originalités), et son œuvre poétique fait de lui l'un des plus importants poètes lyriques de son époque.

À 47 ans, il est élu à l'Académie française.

Tristan L'Hermite.

Le bonheur

Si tu veux être heureux, ne cueille pas la rose
Qui te frôle au passage et qui s'offre à ta main ;
La fleur est déjà morte à peine est-elle éclose,
Même lorsque sa chair révèle un sang divin.

N'arrête pas l'oiseau qui traverse l'espace ;
Ne dirige vers lui ni flèche, ni filet
Et contente tes yeux de son ombre qui passe
Sans les lever au ciel où son aile volait ;

N'écoute pas la voix qui te dit : « Viens ». N'écoute
Ni le cri du torrent, ni l'appel du ruisseau ;
Préfère au diamant le caillou de la route ;
Hésite au carrefour et consulte l'écho.

Prends garde… Ne vêts pas ces couleurs éclatantes
Dont l'aspect fait grincer les dents de l'envieux ;
Le marbre du palais, moins que le lin des tentes
Rend les réveils légers et les sommeils heureux.

Aussi bien que les pleurs, le rire fait les rides.
Ne dis jamais : Encore et dis plutôt : Assez…
Le Bonheur est un Dieu qui marche les mains vides
Et regarde la Vie avec des yeux baissés !

Henri de RÉGNIER (1864-1936)
Recueil « Vestigia Flammæ », 1921

Académicien, critique littéraire, essayiste, romancier, conteur, poète, il aurait dit sur son lit de mort :
« Je vous en prie, après moi, pas de société d'amis. »

Henri de Régnier.

Le chat et la souris

Sur le gazon anglais, ondule,
Des fillettes, la ronde rose,
Qui se meut dans le crépuscule
Comme une guirlande de roses.

Entre les arcs grêles et souples
Que les bras arrondis dessinent
Se faufile, adorable, un couple
À la grâce encore enfantine.

Hier, la candide Isabelle,
Essayait ses quinze ans, riante,
Ainsi qu'une robe nouvelle
Entre toutes la plus seyante.

Et le collégien imberbe,
Aussi blond que l'adolescence,
Fragile séducteur en herbe,
Vers sa partenaire s'élance.

Il est le chat, elle est, perverse,
La souris mutine et narquoise,
Qui connaît des ruses diverses ;
Et sous les mains qui s'entrecroisent

Elle se glisse, elle zigzague,
Et virevolte, et s'insinue,
Et, dans le cercle qui la bague,
Triomphe sa gloire ingénue.

Mais au ruban d'une espadrille
La souris légère trébuche,
La guirlande de jeunes filles
Bourdonne alors comme une ruche,

Car l'adolescent aux yeux tendres
Pareils à de jeunes glycines,
En ses bras gauches vient de prendre
Une taille flexible et fine,

Et sa bouche encore discrète,
Au niveau de la nuque brune
Se pose, palpite, s'arrête,
Pour un baiser au clair de lune.

Laurent Angliviel.

Doëtte ANGLIVIEL (1898-1948)
de son vrai nom Odette Mathilde Fourgassié
Recueil « Jeux aux jardins », 1929

Auteure de poèmes, romans et contes humoristiques, la poétesse, qui conçoit ses premiers textes à l'âge de quinze ans, forge son nom de plume à partir de l'anagramme de son prénom et du patronyme de l'un de ses ancêtres, homme de lettres du XVIIIe siècle, Laurent Angliviel (1726-1773).

Protestant, ce dernier, « parce qu'il (fallait être) prudent, prit en 1745 le pseudonyme de *La Beaumelle* en usage dans sa famille. Il se fit connaître […] sous le nom d'*Angliviel de la Beaumelle*, puis de *La Beaumelle* et de *M. de La Beaumelle*. Durant la période révolutionnaire, ses enfants se trouvèrent dans la nécessité de prouver que leur père n'était pas noble. »[1]

Victime d'une attaque politique et d'une dénonciation par son grand adversaire Voltaire, Angliviel est à deux reprises enfermé à la Bastille. Suite à quoi il est exilé dans son midi natal (il est né dans les Cévennes) et, après deux brefs séjours à Nîmes et Montpellier, il s'installe à Toulouse (où il prendra fait et cause, en 1761-1762, pour Jean Calas).

La famille semble ensuite n'avoir pas quitté la région, puisque sa descendante poétesse naît à Castres et décède à Toulouse.

[1] D'après Claude Lauriol - *Dictionnaire des journalistes* (Voltaire Foundation)

Le marché

Sur la petite place, au lever de l'aurore,
Le marché rit joyeux, bruyant, multicolore,
Pêle-mêle étalant sur ses tréteaux boiteux
Ses fromages, ses fruits, son miel, ses paniers d'œufs,
Et, sur la dalle où coule une eau toujours nouvelle,
Ses poissons d'argent clair, qu'une âpre odeur révèle.
Mylène, sa petite Alidé par la main,
Dans la foule se fraie avec peine un chemin,
S'attarde à chaque étal, va, vient, revient, s'arrête,
Aux appels trop pressants parfois tourne la tête,
Soupèse quelque fruit, marchande les primeurs
Ou s'éloigne au milieu d'insolentes clameurs.
L'enfant la suit, heureuse ; elle adore la foule,
Les cris, les grognements, le vent frais, l'eau qui coule,
L'auberge au seuil bruyant, les petits ânes gris,
Et le pavé jonché partout de verts débris.
Mylène a fait son choix de fruits et de légumes ;
Elle ajoute un canard vivant aux belles plumes !
Alidé bat des mains, quand, pour la contenter,
La mère donne enfin son panier à porter.
La charge fait plier son bras, mais déjà fière,
L'enfant part sans rien dire et se cambre en arrière,
Pendant que le canard, discordant prisonnier,
Crie et passe un bec jaune aux treilles du panier.

Albert SAMAIN (1858-1900)
Recueil « Aux flancs du vase », 1898

Vendeuse de marché.
Par Joachim Beuckelaer.
1561.

Le petit moinillon

Charmant petit moinillon blanc,
Je suis un pauvre mendiant.
Charmant petit moinillon rose,
Je vous demande peu de chose,
Accordez-le moi poliment,
Charmant petit moinillon blanc.

Charmant petit moinillon rose,
En vous tout mon espoir repose.
Charmant petit moinillon blanc,
Parfois l'espoir est décevant.
Je voudrais parler mais je n'ose,
Charmant petit moinillon rose.

Charmant petit moinillon blanc,
Je voudrais parler franchement.
Charmant petit moinillon rose,
J'ai peur que le monde n'en glose.
Il me faut donc être prudent,
Charmant petit moinillon blanc.

Charmant petit moinillon rose,
Je ne sais quel démon s'oppose,
Charmant petit moinillon blanc,
À ce qu'on dorme en vous quittant.
N'en pourriez-vous dire la cause,
Charmant petit moinillon rose ?

Charmant petit moinillon blanc,
Il faut que votre œil en passant,
Ait fait une métamorphose,
Charmant petit moinillon rose,
Car je ronfle ordinairement,
Charmant petit moinillon blanc.

Charmant petit moinillon rose,
L'homme propose et Dieu dispose,
Charmant petit moinillon blanc,
Jamais un proverbe ne ment ;
Permettez donc que je propose,
Charmant petit moinillon rose.

Charmant petit moinillon blanc,
Quand l'un donne et que l'autre rend,
Charmant petit moinillon rose,
Personne à perdre ne s'expose :
Et c'est le cas précisément,
Charmant petit moinillon blanc.

Charmant petit moinillon rose,
Si vous me donniez, je suppose,
Charmant petit moinillon blanc,
Votre étui noir brodé d'argent,
Je vous rendrais bien quelque chose,
Charmant petit moinillon rose.

Charmant petit moinillon blanc,
Je vous rendrais, argent comptant,
Charmant petit moinillon rose,
Ce que mes vers, ce que ma prose,
Pourraient trouver de plus galant,
Charmant petit moinillon blanc.

Charmant petit moinillon rose,
Jamais la fleur à peine éclose,
Charmant petit moinillon blanc,
N'aurait eu pareil compliment.
Je ferais votre apothéose,
Charmant petit moinillon rose.

Méchant petit moinillon blanc,
Vous direz *non* certainement.
Méchant petit moinillon rose,
Vous trouverez qu'à cette clause,
Vous perdez infailliblement.
Méchant petit moinillon blanc !

Hélas ! petit moinillon rose,
Mon cœur est pour vous lettre close,
Hélas ! petit moinillon blanc,
Il pourrait vous dire pourtant…
Mais, sur ce, je fais une pause,
Hélas ! petit moinillon rose.

Alfred de MUSSET (1810-1857)
Recueil « Poésies posthumes », 1888

Ce poème, dont le manuscrit est signé « Alf$_{d}$ M^{t} » et n'est pas daté, a vraisemblablement été écrit dans les premiers mois de l'année 1837. Il aurait germé dans l'esprit du poète le jour où il tomba sous le charme d'Aimée d'Alton-Shée qui lui évoqua, par son visage rose et la cape blanche qui l'enveloppait, un « moinillon ».

Cette rencontre eut lieu chez sa maîtresse Caroline Jaubert, cousine d'Aimée.

Alfred de Musset.
[Détail]
Par Jean Auguste Barre.
Photo : JLPC.
Sous licence CC BY-SA 3.0.

Le printemps

Le temps a laissié son manteau
De vent, de froidure et de pluye,
Et s'est vestu de brouderie,
De soleil luyant, cler et beau.

Il n'y a beste ne oyseau
Qu'en son jargon ne chante ou crie :
Le temps a laissié son manteau
De vent, de froidure et de pluye.

Rivière, fontaine et ruisseau
Portent, en livrée jolie,
Gouttes d'argent, d'orfaverie ;
Chascun s'habille de nouveau[1] :
Le temps a laissié son manteau.

Le temps a laissé son manteau
De vent, de froidure et de pluie,
Et s'est vêtu de broderie,
De soleil luisant, clair et beau.

Il n'y a bête ni oiseau
Qui en son jargon ne chante ou crie :
« Le temps a laissé son manteau
De vent, de froidure et de pluie. »

Rivière, fontaine et ruisseau
Portent, en livrée jolie,
Gouttes d'argent, d'orfèvrerie ;
Chacun s'habille de nouveau[1] :
Le temps a laissé son manteau.

Charles d'ORLÉANS (1394-1465)
Recueil posthume « Poésies de Charles d'Orléans », 1803

Charles, duc d'Orléans, est fait prisonnier par les Anglais en 1415, lors de la bataille d'Azincourt.

Pendant sa longue captivité de vingt-cinq ans, il tisse une œuvre importante composée de chansons, de poèmes, de ballades, et de rondeaux dont le plus célèbre est celui présenté ci-dessus.

N.B. : Les amateurs de « vieux françois » pourront trouver des poèmes en langue proto-romane, langue d'oc, langue d'oïl, anglo-normand…, accompagnés de leur traduction en français moderne, dans d'autres anthologies, particulièrement dans le recueil *Poèmes d'Amour des Troubadours et des Trouvères : Anthologie bilingue langue d'oc et langue d'oïl – français moderne* (série *POÈTES AMOUREUX*)

[1] Neuf

Charles d'Orléans à la fenêtre de la Tour Blanche de Londres.

Manuscrit du XVe siècle.

Les canisses

Lorsque j'étais enfant surtout, j'aimais ce coin
Où sur leurs pieux rugueux on étale (non loin
De la bastide, afin d'y veiller sans fatigue)
La claie aux roseaux drus où doit sécher la figue.
Les pieux sont reliés de traverses entre eux
Qui supportent la claie où les fruits savoureux
Pleurent leur miel sucré, transparent comme l'ambre.

Les vendangeurs, là-bas, chantent le doux septembre.

La figue sur la claie, où la chaleur du ciel
Lentement cristallise et fait perler son miel,
Durcit, et ce soleil ardent qui la pénètre
Doit la faire durer plusieurs hivers peut-être.
Entassée et mêlée aux brins du « baguier » vert,
Elle verra Noël où triomphe au dessert,
Parmi les raisins secs, la figue marseillaise.

Petit-déjeuner avec huîtres. [et figues...]
Par Alexandre-François Desportes. 1729.

Cependant, sous l'éclat du rayon qui les baise,
Les « canisses », penchant du côté du midi,
Attirent le frelon paresseux et hardi,
Et la mouche d'azur aux reflets d'émeraude,
Et l'abeille sacrée, insectes en maraude
Qui s'invitent aux fruits qu'offrent ces tables d'or.
Tout autour l'air léger vibre de leur essor
Et murmure, frappé de mille ailes de gaze.
Les uns se sont posés sur les fruits, en extase,
Et leurs quatre ailerons frémissent de plaisir ;
D'autres dansent en cercle et l'on croirait ouïr
Un ballet de lutins, en plein jour fantastique,
Où comme un galoubet[1] bruit le fin moustique,
Et comme un tambourin le gros bourdon vermeil,
Orchestre qui se tait au coucher du soleil.

Jean AICARD (1848-1921)
Recueil « Les Poèmes de Provence », 1874

Jean Aicard.

Par Nadar.
Vers 1880.

[1] Petite flûte à bec au son aigu qui accompagne traditionnellement le tambourin

Les caresses des yeux

Les caresses des yeux sont les plus adorables ;
Elles apportent l'âme aux limites de l'être,
Et livrent des secrets autrement ineffables,
Dans lesquels seul le fond du cœur peut apparaître.

Les baisers les plus purs sont grossiers auprès d'elles ;
Leur langage est plus fort que toutes les paroles ;
Rien n'exprime que lui les choses immortelles
Qui passent par instants dans nos êtres frivoles.

Lorsque l'âge a vieilli la bouche et le sourire
Dont le pli lentement s'est comblé de tristesses,
Elles gardent encor leur limpide tendresse ;

Faites pour consoler, enivrer et séduire,
Elles ont les douceurs, les ardeurs et les charmes !
Et quelle autre caresse a traversé des larmes ?

Auguste ANGELLIER (1848-1911)
Recueil « À l'amie perdue », 1896

Après avoir hésité entre le journalisme et l'enseignement, c'est dans cette dernière voie que s'engage Auguste Angellier.

À 48 ans il publie son premier recueil, *À l'amie perdue*, des poèmes évoquant ses longues années d'un amour secret, tourmenté et frustré avec une femme mariée et mère de famille, qui se sépare de son époux mais n'osera jamais divorcer pour vivre avec lui.

Auguste Angellier. [Détail]
Par Eugène Déplechin.
Photo : Velvet. Sous licence CC BY-SA 3.0.

Les moments heureux

Le bonheur, j'imagine,
C'est d'être à carnaval
Pressant la taille fine
D'une danseuse au bal,
Danseuse jamais lasse
Qui toujours avec grâce
Tourne, bondit et passe,
Les yeux étincelants,
Le sein tremblant de joie
Dans un corset de soie,
Qui s'ouvre et se reploie,
Complice des galants.

Le bonheur, c'est encore,
Aux vallons onduleux,
De voir lever l'aurore
Au fond des grands yeux bleus
D'une blonde bergère,
Si souple et si légère
Que la douce fougère
La prend pour un oiseau,
Et si blanche à l'épaule
Que le vent qui la frôle
S'en souvient jusqu'au pôle
Et le dit au roseau.

Le bonheur, c'est la flamme,
La flamme heureuse enfin
Qu'allume au fond de l'âme
Un joyeux séraphin
Quand, dans la basilique,
Une femme angélique,
À l'autel catholique,
Vous livre doucement
Une main satinée

À la vôtre enchaînée
Par le nœud d’hyménée
Et la foi du serment.

François-Marie ROBERT-DUTERTRE (1815-1898)
Recueil « Les Loisirs lyriques », 1866

Amour au milieu des ruines. Par Edward Burne-Jones. 1894.

Les papiers

Ton doigt, léger d'abord, puis, timide et tremblant,
M'écrivait sur du papier blanc ;

Un beau matin, ce fut sous la teinte discrète
D'une enveloppe violette

Que, dissertant sur l'âme et l'amour… du bon Dieu,
Tu scellas un fin papier bleu ;

Le soir, tu m'adressas bien ravissante chose,
(T'en souvient-il ?) sur papier rose !

Le lendemain, ton cœur jaloux avait souffert
Et je reçus du papier vert.

Puis, toi qu'on dit si douce et que l'on voit si bonne,
Tu me lanças un papier jaune !…

Et voilà qu'aujourd'hui, pour me mystifier,
Tu prends du papier d'écolier ;

Ah ! pour qu'en ces couleurs j'ose ou veuille comprendre,
C'est trop méchant ou c'est trop tendre !

Jules Amédée CANONGE (1812-1870)
Recueil « Varia », 1855

Auteur de poésies et nouvelles, et de quelques autres ouvrages tels qu'une *Notice historique sur la ville des Baux en Provence et sur la maison des Baux*, Canonge est un grand connaisseur de l'histoire et de la géographie de cette Provence à laquelle il est intimement attaché, et un fervent défenseur de la culture d'oc.

Il est ami avec le peintre Jean Baptiste Marie — dit aussi *Marius*, ou *Jean-Marius* — Fouque (1819-1880) auquel il inspire le tableau *Phylax et Juniola*, et avec le sculpteur James Pradier (1790-1852) qui réalise une représentation en bronze de son buste.

Jules Amédée Canonge.

Par James Pradier. 1848.

Les seuils

Les soirs d'été, sous les mûriers où l'on s'attable
On reste après souper, l'air étant délectable,
Pour oublier l'ardeur et les travaux du jour.
La fillette et le gars qui se parlent d'amour,
Assis auprès du seuil sur le vieux banc de pierre,
Échangent par instants (on est là sans lumière)
Un baiser bien furtif qui fait, si bref qu'il soit,
Se retourner l'aïeul indulgent dont le doigt
Bourre distraitement la pipe accoutumée.
Le gars en badinant pince la bien-aimée
Qui lui dit : « J'ai les bras tout bleus ! » Mais lui : « Voyons ? »
Les cigales des clairs de lune (les grillons)
Jettent leur bruit d'élytre à la lune opaline
Qu'à demi cache encor' le haut de la colline.
La chaleur du soleil dont tout s'est pénétré
S'exhale, et par moment vient un souffle altéré
Qui fait bouffer un peu les chemises de toile.
Parfois les amoureux se montrent une étoile.
Qu'un voisin attardé passe, il leur dit : « Bonsoir,
Vous prenez donc le frais ! — Oui, l'ami, viens t'asseoir. »
Il s'assied et l'on trinque. Ô souffles, ô murmures !
Le ciel tout constellé brille sous les ramures,
Et les paysans, l'œil aux astres, pipe en main,
Songent silencieux au soleil de demain.

Jean AICARD (1848-1921)
Recueil « Les Poèmes de Provence », 1874

Les tambourinaires[1]

Ils sont deux. Un enfant, tout ravi, les précède
Et marche à pas comptés, fier de porter sans aide
Un bâton que couronne un cercle horizontal
Où l’on a suspendu des choses en métal,
Montre et couvert, et puis des écharpes en soies,
Les prix des jeux, ces prix qu’on appelle « les Joies »,
Parmi lesquels souvent reluit, fort engageant,
Un saucisson à l’ail dans son papier d’argent.
L’enfant marche et respire à l’ombre du trophée,
Car nul souffle n’émeut l’atmosphère étouffée.

Un homme enfin les suit, souriant et portant
Une corbeille en paille à fond rose éclatant.
Dès qu’ils ont pénétré sous la large avenue,
Ils entament l’air gai d’une danse ingénue
Qui s’avance et qui fait sourire encor’ parfois
L’aïeul sur les carreaux tambourinant des doigts.

En bon ordre, le groupe est là, sur la terrasse ;
Les deux musiciens s’agitent, non sans grâce ;
Chacun d’eux frappe sec le vibrant parchemin
De la main droite et fait jouer, de l’autre main,
En soufflant de tout cœur, la musiquette vive
Du galoubet, qui n’est qu’une flûte naïve.
Long cylindre léger, le tambourin tremblant
Sous la baguette noire au bout d’ivoire blanc,
Suspendu par sa corde au bras qui tient la flûte,
À chaque coup frappé résonne une minute.
Il frémit tout entier en de profonds accords,
Suit la flûte en sourdine et marque les temps forts,
Et cela fait un bruit de ménage en querelle.
Deux voix parlent ; tantôt c’est lui, tantôt c’est elle
Qui domine, disant : « Mais qui commande ici ? »

Tambourinaire.
Par Edme Bouchardon.
1737.

[1] Joueurs de tambourin, qui souvent jouent aussi du gaboulet (le second *i* se prononce [ï] : [tambourinaïre])

Et chacun tour à tour, par un mot radouci,
Honteux d'être méchant, avec tendresse implore,
Et l'un s'est tu déjà que l'autre gronde encore.
Ainsi le tambourin vibre encore à la fin,
Quand la flûte a jeté son cri suprême et fin.

Les enfants tout joyeux, les servantes alertes
Paraissent les premiers aux fenêtres ouvertes ;
La dame vient ensuite, et le maître du lieu ;
Le porteur de corbeille alors, grave au milieu
Du groupe pavoisé des pieds jusqu'à la tête,
Demande « quelques sols pour les frais de la fête »,
Et tend, d'un air ami, sa corbeille en avant,
Dont les rubans, drapeaux mignons, vibrent au vent.
Dès qu'une pièce tombe au fond de la corbeille,
Le tambourin content s'exalte et s'émerveille
Du don trop généreux qu'on fait aux villageois,
Mais la petite flûte alors, haussant la voix,
Exprime qu'après tout l'offrande est peu de chose,
Qu'on n'emplira jamais le joli panier rose,
Et que le tambourin avec son « gramaci[2] »
L'étonne, et qu'on n'est pas obséquieux ainsi.
Le tambourin répond : Paix ! paix ! petite folle !
Et, voulant à tout prix lui couper la parole,
Il redouble d'entrain et force les accords,
Puis, las enfin, s'éloigne et l'on entend alors
Décroître à travers champs la charmante dispute
Du tambourin qu'on sait l'amoureux de la flûte.

Les quêteurs de ce pas vont chez le paysan
Qui, les voyant venir, se dit : Allons-nous-en !
Et monte à la « fénière[3] » odorante et s'enferme.
Les demandeurs sont là, debout, devant la ferme.
La querelle éternelle et tendre va son train
De la flûte bavarde avec le tambourin,

Un santon tambourinaire.
Photo : Marianne Casamance.
Sous licence CC BY-SA 3.0.

[2] Grand merci
[3] Grenier à foin

Et les musiciens marquent le pas sur place.
À force de souffler, le sang monte à leur face,
Et tout suant, gonflant la joue, ils font si bien
Qu'ils excitent les cris éclatants du gros chien
Qui, toujours aboyant, la gueule toute large,
Fuit, s'approche, recule et revient à la charge.
L'enfant, qui n'est plus fier, tremble de tout son corps ;
Les deux musiciens s'épuisent en efforts ;
L'enfant crie en pleurant, et l'homme au panier rose,
Avec de gros jurons, heurte à la porte close,
Pendant qu'au « fénestron[4] » tout obstrué de foin,
De ce vacarme affreux et gai joyeux témoin,
Se tient coi, si content qu'il en rit en silence,
Le fermier, qui maudit les impôts et la danse,
Et sous du foin qui bouge on pourrait entrevoir,
Malin, et tout brillant de plaisir, son œil noir.

Jean AICARD (1848-1921)
Recueil « Les Poèmes de Provence », 1874

Farandole.

Par Henri Pille
dans *Le Courrier Français*.
1886.

[4] Lucarne

L'hirondelle

Je suis une hirondelle et non une colombe ;
Ma nature me force à voltiger toujours.
Le nid où des ramiers s'abritent les amours,
S'il y fallait couver, serait bientôt ma tombe.

Pour quelques mois j'habite un créneau qui surplombe,
Et vole, quand l'automne a raccourci les jours,
Pour les blancs minarets quittant les noires tours,
Vers l'immuable azur d'où jamais pleur ne tombe.

Aucun ciel ne m'arrête, aucun lieu ne me tient,
Et dans tous les pays je demeure étrangère ;
Mais partout de l'absent mon âme se souvient.

Mon amour est constant, si mon aile est légère,
Et, sans craindre l'oubli, la folle passagère
D'un bout du monde à l'autre au même cœur revient.

Théophile GAUTIER (1811-1872)
Recueil posthume « Poésies nouvelles, poésies inédites et poésies posthumes », 1889-1890

Ce sonnet, écrit en 1867, fait partie des textes inédits.

Théophile Gautier.
Par
Théodore Chassériau.

Les Très Riches Heures du duc de Berry – Mars.

Ouvrage commencé par les frères Pol, Johan et Herman de Limbourg vers 1410-1413, et poursuivi après leur mort pendant plus de 70 ans.

L'hiver

Plus de belle campagne,
Plus de feuillage vert,
L'enfant de la montagne,
Hirondelle d'hiver,
Chante en la cheminée
Où naguère a chanté,
Aux beaux jours de l'année,
L'hirondelle d'été.

Et sur les promenades
Plus de charmants bouquets,
Plus de douces œillades,
De manèges coquets,
Là-bas, sous les grands ormes,
Où venaient tous les soirs
Femmes aux blanches formes,
Aux épais cheveux noirs.

Or, que faire en sa chambre
Quand, sur ses traits maigris,
Le soleil de décembre
Met son capuchon gris !
Il faut se mettre à l'aise,
Commodément assis,
Et, les pieds dans la braise,
S'endormir sans soucis.

Patineurs sur la Seine en 1608.

[Entre la mi-décembre 1607 et la mi-mars 1608, période de froid extrême continu appelée *Grand Hiver*, la Seine reste gelée pendant plusieurs semaines.]

Ou bien, si d'aventure
On a le cœur épris
Pour une créature
Qui ne soit pas sans prix,
Il fait bon, il me semble,
La prendre dans ses bras,
Et tous les deux ensemble,
Se mettre entre deux draps.

François-Marie ROBERT-DUTERTRE (1815-1898)
Recueil « Les Loisirs lyriques », 1866

Journée sombre. Par Pieter Brueghel l'Ancien. 1565.

L'hiver et l'été

Yver, vous n'estes qu'un villain[1],	*Hiver, vous n'êtes qu'un vilain*[1],
Esté est plaisant et gentil,	*Été est plaisant et gentil,*
En tesmoing de May et d'Avril	*En témoin de Mai et d'Avril*
Qui l'acompaignent soir et main.	*Qui l'accompagnent soir et matin.*
Esté revest champs, bois et fleurs	*Été revêt champs, bois et fleurs*
De sa livrée de verdure	*De sa livrée de verdure*
Et de maintes autres couleurs,	*Et de maintes autres couleurs,*
Par l'ordonnance de Nature.	*Par l'ordonnance de Nature.*
Mais vous, Yver, trop estes plain	*Mais vous, Hiver, trop êtes plein*
De nege, vent, pluye et grezil ;	*De neige, vent, pluie et grésil ;*
On vous deust banie en essil.	*On vous dût bannir en exil.*
Sans point flater, je parle plain,	*Sans point flatter, je parle vrai,*
Yver, vous n'estes qu'un villain !	*Hiver, vous n'êtes qu'un vilain !*

Charles d'ORLÉANS (1394-1465)
Recueil posthume « Poésies de Charles d'Orléans », 1803

Hiver.

Été.

Par Giuseppe Arcimboldo. 1573.

[1] Rustre — au Moyen Âge le *vilain* est un paysan (un paysan libre, le paysan attaché à une autorité est un *serf* [de même étymologie : *servir, servitude*])

Poèmes en ancien français : cf. *N.B.* en page 81

L'ogre et la fée

Quiconque est amoureux est esclave et s'abdique[1].
L'amour n'est pas l'amour ; il s'appelle Ananké[2].
Si l'on ne veut pas être à la porte flanqué,
Dès qu'on aime une belle, on s'observe, on se scrute ;
On met le naturel de côté ; bête brute,
On se fait ange ; on est le nain Micromégas[3] ;
Surtout on ne fait point chez elle de dégâts ;
On se tait, on attend, jamais on ne s'ennuie,
On trouve bon le givre et la bise et la pluie,
On n'a ni faim, ni soif, on est de droit transi[4] ;
Un coup de dent[5] de trop vous perd. Oyez ceci :

Un brave ogre des bois, natif de Moscovie,
Était fort amoureux d'une fée, et l'envie
Qu'il avait d'épouser cette dame s'accrut
Au point de rendre fou ce pauvre cœur tout brut[6] ;
L'ogre, un beau jour d'hiver, peigne sa peau velue,
Se présente au palais de la fée, et salue,
Et s'annonce à l'huissier comme prince Ogrouski.
La fée avait un fils, on ne sait pas de qui.

Victor Hugo. Par Laurent Marqueste.

[1] Renonce à lui-même

[2] Allégorie de la destinée et de la fatalité dans la mythologie grecque

[3] Personnage éponyme d'un conte de Voltaire, « micro » devant les grands et « méga » face aux petits

[4] Dans le sens « amoureux transi » : paralysé par ses sentiments

[5] Un mot de travers

[6] Ici aussi (cf. p. 29 note 3), la rime *s'accrut* / *brut* nous laisse deviner une différence de prononciation entre le siècle de Victor Hugo et le nôtre

Elle était ce jour-là sortie, et quant au mioche,
Bel enfant blond nourri de crème et de brioche,
Don fait par quelque Ulysse à cette Calypso,
Il était sous la porte et jouait au cerceau.
On laissa l'ogre et lui tout seuls dans l'antichambre.
Comment passer le temps quand il neige, en décembre,
Et quand on n'a personne avec qui dire un mot ?
L'ogre se mit alors à croquer le marmot[7].
C'est très simple. Pourtant c'est aller un peu vite,
Même lorsqu'on est ogre et qu'on est moscovite,
Que de gober ainsi les mioches du prochain.
Le bâillement d'un ogre est frère de la faim.

Quand la dame rentra, plus d'enfant. On s'informe.
La fée avise l'ogre avec sa bouche énorme :
As-tu vu, cria-t-elle, un bel enfant que j'ai ?
Le bon ogre naïf lui dit : Je l'ai mangé.
Or, c'était maladroit. Vous qui cherchez à plaire,
Jugez ce que devint l'ogre devant la mère
Furieuse qu'il eût soupé de son dauphin.
Que l'exemple vous serve ; aimez, mais soyez fin ;
Adorez votre belle, et soyez plein d'astuce ;
N'allez pas lui manger, comme cet ogre russe,
Son enfant, ou marcher sur la patte à son chien.

Victor HUGO (1802-1885)
Recueil posthume « Toute la lyre », 1888

Ce poème de 1861 est l'un des rares témoignages de l'humour de l'écrivain qui, joyeux luron avec ses amis et collectionneur de maîtresses, fait montre dans son œuvre de gravité, de romantisme et de mélancolie.

[7] Jeu de mots : l'expression *croquer le marmot* signifiait *attendre indéfiniment en s'ennuyant*

Ma maison

Dans un étroit vallon blottie,
Vers mil sept cent quatre-vingt-neuf,
Mon aïeul, dit-on, l'a bâtie,
Ou, tout au moins, remise à neuf.
Face au midi, bien adossée
À l'ancien étang féodal
Dont elle épaule la chaussée,
Elle fut le moulin banal
Où deux ou trois pauvres villages
Et quelques petits mas perdus,
Avec leurs maigres attelages
Plusieurs siècles sont descendus
Moudre, au tic tac vieillot et grêle
D'un mécanisme trébuchant,
Tout ce que la dîme ou la grêle
Laissaient de seigle sur leur champ…

Mais lorsque le soc populaire
Démantela le vieux château,
Et que, sous un flot de colère,
Son granit roula du coteau,
Mon aïeul, – un Jacques Bonhomme
Très longtemps meunier chez autrui –
Ayant été très économe,
Put devenir meunier chez lui.
Il acheta l'humble ruine,
Prit la truelle du maçon,
Et fit un moulin à farine
De l'antique moulin de son[1],
Exhaussa le tout d'un étage
Large, aéré, plein de soleil,
D'où l'on entend le caquetage

[1] Moulin de misère (le son est le déchet de la mouture des céréales, donc chose de peu de valeur)

De la trémie à son réveil,
Puis crânement, sur la toiture,
Comme un noble arbore un blason,
D'une meule en miniature
Il girouetta sa maison.
Il planta – car celui qui plante
A foi vraiment en l'avenir –
Des arbres à croissance lente
Qui font durer le souvenir,
Et qui, maintenant séculaires,
Sur le vieux toit courbés du vent,
Parlent à voix hautes et claires
De l'ancêtre en eux survivant…

Il prit femme et ma bonne aïeule
Se mit à l'œuvre sans façons,
Berçant au refrain de sa meule
Trois filles et quatre garçons
Qui remplirent de cris, de joies,
De luttes et de jeux sans fin
La maison, le pâtis aux oies
Et tous les halliers du ravin,
Puis si vaillamment essaimèrent
Et si gaîment, quoique pieds nus,
Que des vieillards qui les aimèrent
Sont fiers de les avoir connus…

C'est là ma maison paternelle,
C'est là le nid qui m'a bercé ;
Que ne puis-je y ployer mon aile
Et n'y vivre que du passé ?

François FABIÉ (1846-1928)
Recueil « Fleurs de genêts », 1920

Une fleur de genêt.

Musique sur l'eau

Oh ! Écoute la symphonie ;
Rien n'est doux comme une agonie
Dans la musique indéfinie
Qu'exhale un lointain vaporeux ;

D'une langueur la nuit s'enivre,
Et notre cœur qu'elle délivre
Du monotone effort de vivre
Se meurt d'un trépas langoureux.

Glissons entre le ciel et l'onde,
Glissons sous la lune profonde ;
Toute mon âme, loin du monde,
S'est réfugiée en tes yeux,

Et je regarde tes prunelles
Se pâmer sous les chanterelles,
Comme deux fleurs surnaturelles
Sous un rayon mélodieux.

Oh ! écoute la symphonie ;
Rien n'est doux comme l'agonie
De la lèvre à la lèvre unie
Dans la musique indéfinie…

Albert SAMAIN (1858-1900)
Recueil
« Au jardin de l'infante »,
1893

Albert Samain.

Nous ferons, ma Diane, un jardin fructueux

Nous ferons, ma Diane, un jardin fructueux :
J'en serai laboureur, vous dame et gardienne.
Vous donnerez le champ, je fournirai de peine,
Afin que son honneur soit commun à nous deux.

Les fleurs dont ce parterre éjouira nos yeux
Seront vers florissants, leurs sujets sont la graine,
Mes yeux l'arroseront et seront sa fontaine,
Il aura pour zéphyrs mes soupirs amoureux.

Vous y verrez mêlés mille beautés écloses,
Soucis, œillets et lys, sans épines les roses,
Ancolie et pensée, et pourrez y choisir

Fruits sucrés de durée, après des fleurs d'attente,
Et puis nous partirons[1] à votre choix la rente :
À moi toute la peine, et à vous le plaisir.

Théodore Agrippa d'AUBIGNÉ (1552-1630)
Recueil « Printemps – Hécatombe à Diane »,
composé entre 1570 et 1577

Cet ouvrage, comme une grande partie de l'œuvre de l'auteur, a été conservé trois siècles durant sous son unique forme manuscrite. Ce n'est qu'en 1874 qu'il fut imprimé pour la première fois.

La mère du poète perdit la vie à sa naissance, et ce serait la raison pour laquelle il reçut le prénom ***Agrippa*** **; c'est du moins ce qu'il rapporte dans ses mémoires :**
« …Ma mère mourut en accouchant de moi, s'étant trouvée en une telle extrémité que les médecins proposèrent à mon père le

[1] Partagerons

choix de mort pour elle ou pour son enfant. Je fus nommé Théodore & par adjonction Agrippa, *quasi œgrè partus…* »

Ce poème est adressé à Diane Salviati qu'il courtise alors, jeune fille d'origine italienne dont le grand-père, banquier florentin, était venu en France dans le sillage de Catherine de Médicis, et dont la tante Cassandre avait été la muse de Ronsard.

Théodore Agrippa d'Aubigné. 1622.

Où donc est le bonheur ? disais-je

Sed satis est jam posse mori.
Mais c'est déjà assez d'être mortel.
Lucain.

Où donc est le bonheur ? disais-je. — Infortuné !
Le bonheur, ô mon Dieu, vous me l'avez donné.

Naître et ne pas savoir que l'enfance éphémère,
Ruisseau de lait qui fuit sans une goutte amère,
Est l'âge du bonheur, et le plus beau moment
Que l'homme, ombre qui passe, ait sous le firmament !

Plus tard, aimer, — garder dans son cœur de jeune homme
Un nom mystérieux que jamais on ne nomme,
Glisser un mot furtif dans une tendre main,
Aspirer aux douceurs d'un ineffable hymen,
Envier l'eau qui fuit, le nuage qui vole,
Sentir son cœur se fondre au son d'une parole,
Connaître un pas qu'on aime et que jaloux on suit,
Rêver le jour, brûler et se tordre la nuit,
Pleurer surtout cet âge où sommeillent les âmes,
Toujours souffrir ; parmi tous les regards de femmes,
Tous les buissons d'avril, les feux du ciel vermeil,
Ne chercher qu'un regard, qu'une fleur, qu'un soleil !

Puis effeuiller en hâte et d'une main jalouse
Les boutons d'orangers sur le front de l'épouse ;
Tout sentir, être heureux, et pourtant, insensé !
Se tourner presque en pleurs vers le malheur passé ;
Voir aux feux de midi, sans espoir qu'il renaisse,
Se faner son printemps, son matin, sa jeunesse,
Perdre l'illusion, l'espérance, et sentir
Qu'on vieillit au fardeau croissant du repentir !

Effacer de son front des taches et des rides ;
S'éprendre d'art, de vers, de voyages arides,
De cieux lointains, de mers où s'égarent nos pas ;
Redemander cet âge où l'on ne dormait pas ;
Se dire qu'on était bien malheureux, bien triste,
Bien fou, que maintenant on respire, on existe,
Et, plus vieux de dix ans, s'enfermer tout un jour
Pour relire avec pleurs quelques lettres d'amour !

Vieillir enfin, vieillir ! comme des fleurs fanées
Voir blanchir nos cheveux et tomber nos années,
Rappeler notre enfance et nos beaux jours flétris,
Boire le reste amer de ces parfums aigris,
Être sage, et railler l'amant et le poète,
Et, lorsque nous touchons à la tombe muette,
Suivre en les rappelant d'un œil mouillé de pleurs
Nos enfants qui déjà sont tournés vers les leurs !

Ainsi l'homme, ô mon Dieu ! marche toujours plus sombre
Du berceau qui rayonne au sépulcre plein d'ombre.
C'est donc avoir vécu ! c'est donc avoir été !
Dans la joie et l'amour et la félicité
C'est avoir eu sa part ! et se plaindre est folie.
Voilà de quel nectar la coupe était remplie !

Hélas ! naître pour vivre en désirant la mort !
Grandir en regrettant l'enfance où le cœur dort,
Vieillir en regrettant la jeunesse ravie,
Mourir en regrettant la vieillesse et la vie !

Où donc est le bonheur ? disais-je — Infortuné !
Le bonheur, ô mon Dieu, vous me l'avez donné !

Le 28 mai 1830

Victor HUGO (1802-1885)
Recueil «Les Feuilles d'automne », 1831

Victor Hugo.

Pavane

Belle qui tiens ma vie
Captive dans tes yeux,
Qui m'as l'âme ravie
D'un sourire gracieux,
Viens tôt me secourir
Ou me faudra mourir.

Pourquoi fuis-tu mignarde
Si je suis près de toi,
Quand tes yeux je regarde
Je me perds dedans moi
Car tes perfections
Changent mes actions.

Tes beautés et ta grâce
Et tes divins propos
Ont échauffé la glace
Qui me gelait les os,
Et ont rempli mon cœur
D'une amoureuse ardeur.

Mon âme voulait être
Libre de passions,
Mais amour s'est fait maître
De mes affections,
Et a mis sous sa loi
Et mon cœur et ma foi.

Approche donc ma belle
Approche-toi mon bien,
Ne me sois plus rebelle
Puisque mon cœur est tien
Pour mon mal apaiser,
Donne-moi un baiser.

Je meurs mon Angelette
Je meurs en te baisant,
Ta bouche tant doucette
Va mon bien ravissant
À ce coup mes esprits
Sont tous d'amour épris.

Plutôt on verra l'onde
Contre mont reculer
Et plutôt l'œil du monde
Cessera de brûler,
Que l'amour qui m'époint
Décroisse d'un seul point.

Thoinot ARBEAU (1519 ou 1520-1595)
pseudonyme anagramme de son nom Jehan Tabourot
(les lettres *i* et *j* étaient indifférenciées)

Traité « Orchésographie », 1589

Issu d'une vieille famille bourguignonne de littérateurs et architectes, le chanoine Thoinot Arbeau a occupé de hautes fonctions.

Son œuvre écrite essentielle est un important traité de la danse : l'*Orchésographie.*

Cet ouvrage présente une sélection très didactique de danses du XVIe siècle, expliquant par des dessins les mouvements de chacune.

Il propose aussi une découverte de plusieurs instruments de musique, avec notamment une méthode détaillée pour apprendre aux soldats à marcher au pas en jouant du tambour, méthode qui permet en outre de calculer la distance parcourue en fonction du nombre de battements de tambours effectués.

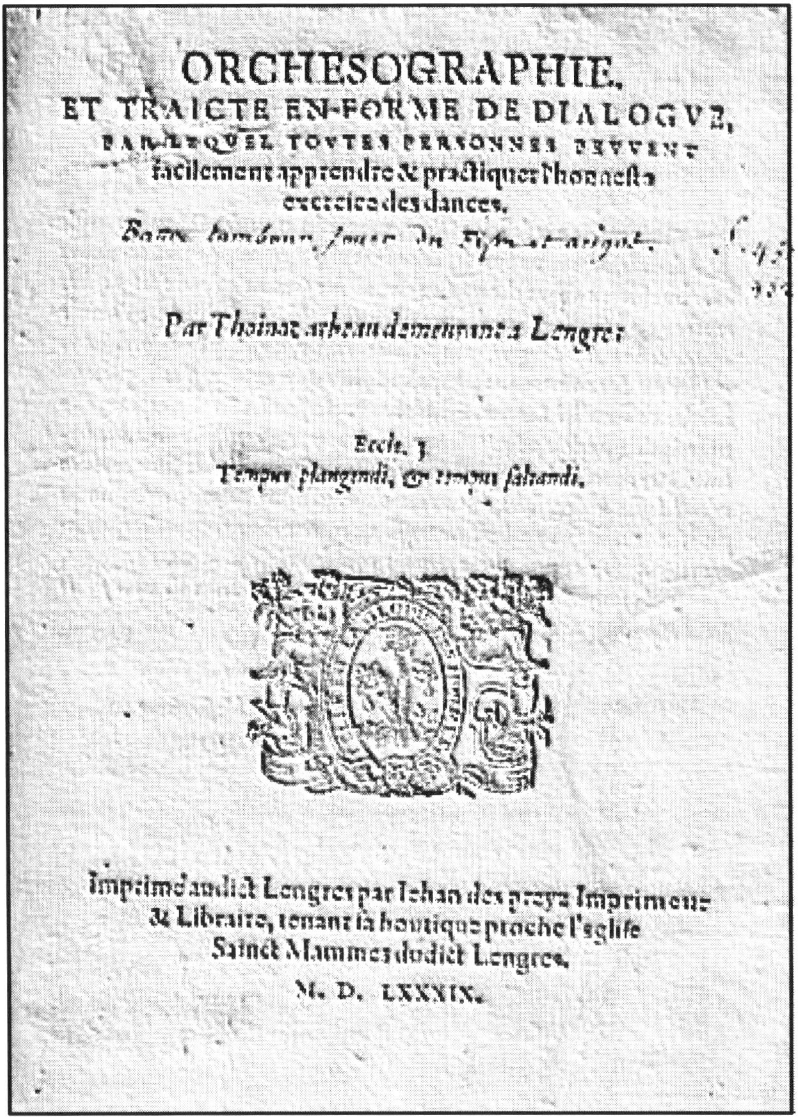
ORCHESOGRAPHIE.
ET TRAICTE EN FORME DE DIALOGVE,
PAR LEQVEL TOVTES PERSONNES PEVVENT
facilement apprendre & practiquer l'honneste
exercice des dances.

Par Thoinot arbeau demeurant a Lengres

Eccle. 3
Tempus plangendi, et tempus saltandi.

Imprimé audict Lengres par Iehan des preyz Imprimeur
& Libraire, tenant sa boutique proche l'eglise
Sainct Mammes dudict Lengres.
M. D. LXXXIX.

Orchesographie et traicté en forme de dialogue par lequel toutes personnes peuvent facilement apprendre & practiquer l'honneste exercice des dances.

C'est dans cet ouvrage que figurent — textes, musiques et pas des danses —, les pièces *Pavane* (paroles présentées ci-avant), et *Pavane d'Espagne* (aperçu ci-après) :

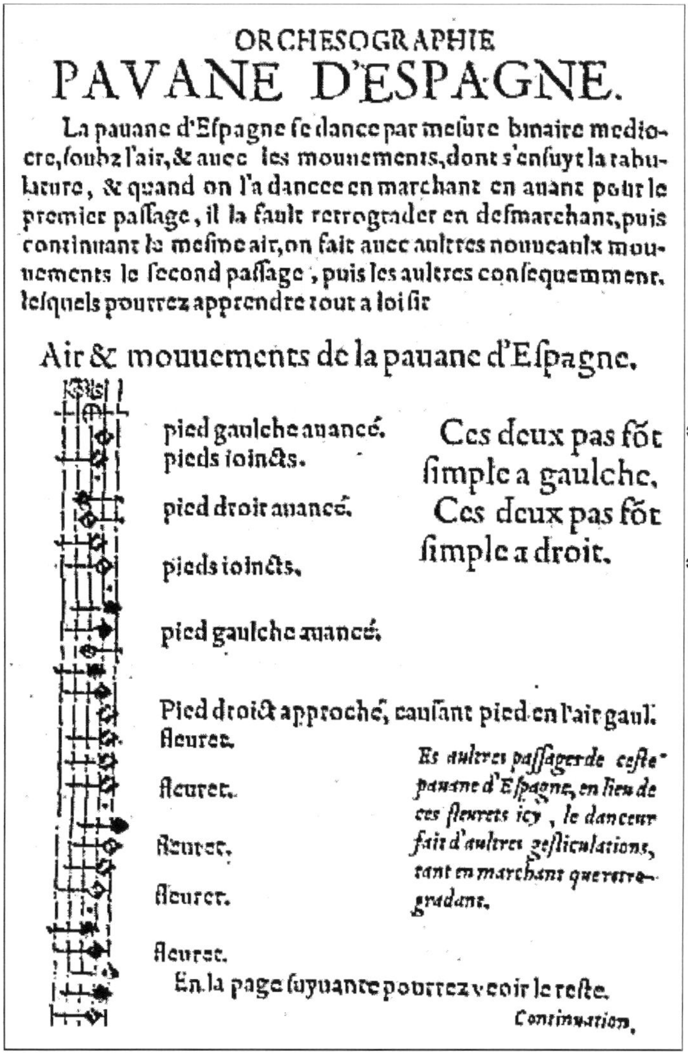

ORCHESOGRAPHIE

PAVANE D'ESPAGNE.

La pauane d'Eſpagne ſe dance par meſure binaire mediocre, ſoubz l'air, & auec les mouuements, dont s'enſuyt la tabulature, & quand on l'a dancee en marchant en auant pour le premier paſſage, il la fault retrograder en deſmarchant, puis continuant le meſme air, on fait auec aultres nouueaulx mouuements le ſecond paſſage, puis les aultres conſequemment, leſquels pourrez apprendre tout a loiſir [1]

Air & mouuements de la pauane d'Eſpagne.

pied gaulche auancé. Ces deux pas fõt
pieds ioincts. ſimple a gaulche.
pied droit auancé. Ces deux pas fõt
pieds ioincts. ſimple a droit.
pied gaulche auancé.
Pied droict approché, cauſant pied en l'air gaul.
fleuret.
fleuret.
fleuret.
fleuret.
fleuret.

Es aultres paſſages de ceſte pauane d'Eſpagne, en lieu de ces fleurets icy, le danceur fait d'aultres geſticulations, tant en marchant que retrogradant. [2]

En la page ſuyuante pourrez veoir le reſte.

Continuation.

* *fõt* : sont

** *ioincts* : joints

Pavane d'Espagne.

[1] « La Pavane d'Espagne se dance par mesure binaire mediocre, soubz l'air, & avec les mouvements, dont s'enfuyt la tabulature, & quand on l'a dancee en marchant en avant pour le premier passage, il faut la retrograder en desmarchant, puis en continuant le mesme air, on fait avec aultres nouveaulx mouvements le second passage, puis les aultres consequemment, lesquels pourrez apprendre tout a loisir. »

[2] « Es aultres passages de ceste pavane d'Espagne, en lieu de ces fleurets icy, le danceur fait d'aultres gesticulations, tant en marchant que retrogradant »

Quand on est heureux, on n'a pas d'histoire

Quand on est heureux, on n'a pas d'histoire.
On se cache, on s'aime à l'ombre, tout bas ;
Rien de glorieux, pas de fait notoire ;
Le monde oublié ne vous connaît pas.

Si quelqu'un pourtant, avec un sourire
Dit, en vous voyant fuir l'éclat du jour :
« Ce sont des hiboux ! » eh bien, laissez dire…
Ce sont des oiseaux éblouis d'amour.

Quand le baiser fait la parole vaine,
On s'en va, muets, dans les grands prés verts.
— Loin de mon bonheur, je fixe ma peine
Sur l'émail fragile et bleu de mes vers.

Albert MÉRAT (1840-1909)
Recueil « L'Adieu », 1873

Albert Mérat.

Vers 1903.

Querelle

Lorsque ma sœur et moi, dans les forêts profondes,
Nous avions déchiré nos pieds sur les cailloux,
En nous baisant au front tu nous appelais fous,
Après avoir maudit nos courses vagabondes.

Puis, comme un vent d'été confond les fraîches ondes
De deux petits ruisseaux sur un lit calme et doux,
Lorsque tu nous tenais tous deux sur tes genoux,
Tu mêlais en riant nos chevelures blondes.

Et pendant bien longtemps nous restions là blottis,
Heureux, et tu disais parfois : Ô chers petits !
Un jour vous serez grands, et moi je serai vieille !

Les jours se sont enfuis, d'un vol mystérieux,
Mais toujours la jeunesse éclatante et vermeille
Fleurit dans ton sourire et brille dans tes yeux.

Théodore de BANVILLE (1823-1891)
Recueil « Roses de Noël », 1845

Dramaturge et poète.

Théodore de Banville.

Par Félix Nadar.

Rêvé pour l'hiver

À Elle,

L'hiver, nous irons dans un petit wagon rose
Avec des coussins bleus.
Nous serons bien. Un nid de baisers fous repose
Dans chaque coin moelleux.

Tu fermeras l'œil, pour ne point voir, par la glace,
Grimacer les ombres des soirs,
Ces monstruosités hargneuses, populace
De démons noirs et de loups noirs.

Puis tu te sentiras la joue égratignée…
Un petit baiser, comme une folle araignée,
Te courra par le cou…

Et tu me diras : « Cherche ! » en inclinant la tête,
Et nous prendrons du temps à trouver cette bête
Qui voyage beaucoup…

En wagon le 7 octobre 1870

Arthur RIMBAUD (1854-1891)
Recueil posthume « Poésies complètes », 1895

Le jour où il cisèle ce poème (qui fera partie du deuxième *Cahier de Douai*[1]), Rimbaud est à treize jours de son seizième anniversaire.

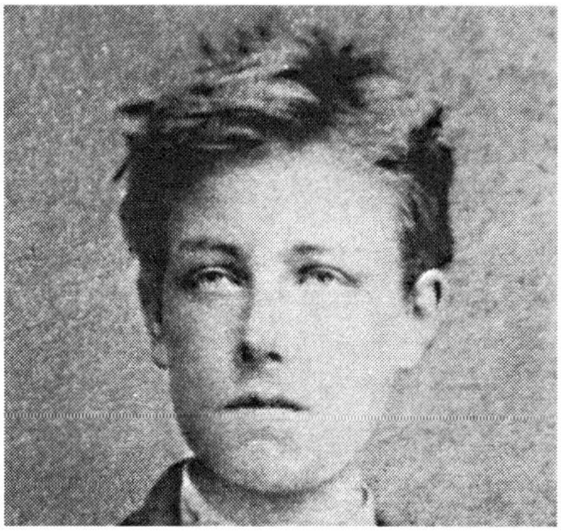

Rimbaud âgé de presque 18 ans. [Détail]
Par Étienne Carjat.

[1] Cf. page 18

Septembre au ciel léger taché de cerfs-volants

Septembre au ciel léger taché de cerfs-volants
Est favorable à la flânerie à pas lents,
Par la rue, en sortant de chez la femme aimée,
Après un tendre adieu dont l'âme est parfumée.
Pour moi, je crois toujours l'aimer mieux et bien plus
Dans ce mois-ci, car c'est l'époque où je lui plus.
L'après-midi, je vais souvent la voir en fraude ;
Et, quand j'ai dû quitter la chambre étroite et chaude
Après avoir promis de bientôt revenir,
Je m'en vais devant moi, distrait. Le Souvenir
Me fait monter au cœur ses effluves heureuses ;
Et de mes vêtements et de mes mains fiévreuses
Se dégage un arôme exquis et capiteux,
Dont je suis à la fois trop fier et trop honteux
Pour en bien définir la volupté profonde,
— Quelque chose comme une odeur qui serait blonde.

François COPPÉE (1842-1908)
Recueil « Intimités », 1868

Dramaturge et romancier, Coppée excelle dans une poésie de l'émotion qui lui vaut les railleries de Rimbaud et de ses amis les *Zutistes*[1], anticonformistes et sarcastiques.

François Coppée dans son bureau vers 1893.

Par Dornac.

[1] Ils disent *zut* à tout

Serment

Par tes yeux si beaux sous les voiles
De leurs franges de longs cils noirs,
Soleils jumeaux, doubles étoiles,
D'un cœur ardent ardents miroirs ;

Par ton front aux pâleurs d'albâtre,
Que couronnent des cheveux bruns,
Où l'haleine du vent folâtre
Parmi la soie et les parfums ;

Par tes lèvres, fraîche églantine,
Grenade en fleur, riant corail
D'où sort une voix argentine
À travers la nacre et l'émail ;

Par ton sein rétif qui s'agite
Et bat sa prison de satin,
Par ta main étroite et petite,
Par l'éclat vermeil de ton teint ;

Par ton doux accent d'Espagnole,
Par l'aube de tes dix-sept ans,
Je t'aimerai, ma jeune folle,
Un peu plus que toujours, — longtemps !

Théophile GAUTIER (1811-1872)
Recueil « Poésies », 1830

Théophile Gautier se destine d'abord à la peinture, et c'est après une rencontre avec Victor Hugo qu'il se tourne vers l'écriture. Il devient alors auteur de contes fantastiques, de romans, de récits historiques, de poèmes…, et critique d'art. *Poésies* est son premier ouvrage.

Sonnet madrigal

J'ai voulu des jardins pleins de roses fleuries,
J'ai rêvé de l'Éden aux vivantes féeries,
De lacs bleus, d'horizons aux tons de pierreries ;
Mais je ne veux plus rien ; il suffit que tu ries.

Car, roses et muguets, tes lèvres et tes dents
Plus que l'Éden, sont but de désirs imprudents,
Et tes yeux sont des lacs de saphirs, et dedans
S'ouvrent des horizons sans fin, des cieux ardents.

Corps musqués sous la gaze où l'or lamé s'étale,
Nefs, haschisch… j'ai rêvé l'ivresse orientale,
Et mon rêve s'incarne en ta beauté fatale.

Car, plus encor qu'en mes plus fantastiques vœux,
J'ai trouvé de parfums dans l'or de tes cheveux,
D'ivresse à m'entourer de tes beaux bras nerveux.

Charles CROS (1842-1888)
Recueil « Le Coffret de santal », 1873

Après le décès de Charles Cros, survenu le 9 août 1888, son ami Alphonse Allais prononce, au mythique cabaret *Le Chat Noir,* point de ralliement des artistes et lettrés bohèmes de l'époque, un éloge funèbre. Il y rappelle que le poète était aussi inventeur, et avait notamment imaginé, une dizaine d'années plus tôt, un appareil à reproduire les sons qu'il avait nommé *paléophone,* au moment où la même recherche était effectuée par l'Américain Thomas Edison qui, le prenant de vitesse, avait vu son projet aboutir à la commercialisation du *phonographe,* réduisant à néant l'invention de Charles Cros.

Sonnet moderne

Elle mit son plus beau chapeau, son chapeau bleu,
Et la robe que nul encor n'a dégrafée.
Puis elle releva la boucle ébouriffée
Que sa voilette avait fait redescendre un peu.

Elle se dit : – C'est mal, très mal ! Et comme il pleut !
Je serai faite, vrai, comme une vieille fée ! –
Puis, avant de sortir, pour prendre une bouffée
D'air chaud, elle allongea ses mains devant le feu.

Et sous son en-tout-cas la voilà qui trottine
Dans la pluie. On ne voit d'elle que sa bottine,
Et sa croupe qui fait un pouf au waterproof.

Elle arrive. – Mon Dieu ! que c'est haut le cinquième ! –
La clef est sur la porte, elle entre, elle fait : Ouf !
Et lui mouille le nez en lui disant : – Je t'aime.

Jean RICHEPIN (1849-1926)
Recueil « Les Caresses – Floréal », 1877

L'Ingénue.

Par Auguste Renoir. 1876.

Te regardant assise…

Te regardant assise auprès de ta cousine
Belle comme une Aurore et toi comme un Soleil,
Je pensai voir deux fleurs d’un même teint pareil,
Croissantes en beauté l’une à l’autre voisine.

La chaste, sainte, belle et unique Angevine,
Vite comme un éclair sur moi jeta son œil ;
Toi, comme paresseuse et pleine de sommeil,
D’un seul petit regard tu ne m’estimas digne.

Tu t’entretenais seule, au visage abaissé,
Pensive toute à toi, n’aimant rien que toi-même,
Dédaignant un chacun d’un sourcil ramassé,

Comme une qui ne veut qu’on la cherche ou qu’on l’aime.
J’eus peur de ton silence, et m’en allai tout blême,
Craignant que mon salut n’eût ton œil offensé.

Pierre de RONSARD (1524-1585)
Recueil « Sonnets pour Hélène », 1578

12 ans : page d’un fils du roi François Ier.
23 ans : initiateur de *La Pléiade*.
30 ans : poète attitré du roi Henri II.
34 ans : conseiller du même roi.
38 ans : poète officiel de la Cour du roi Charles IX.

Pierre de Ronsard.

Lithographie posthume
par François Séraphin Delpech
à partir d’un portrait par Jean Clouet.

Thestylis

Un dimanche matin, mettant la veste à bas,
Les garçons, montrant nus les muscles de leurs bras,
Jouent aux boules, ou bien, corps à corps, à la lutte.
L'un, entouré d'enfants, se façonne une flûte,
Et leur dit, abaissant et relevant les doigts,
Comment du roseau creux sort une douce voix ;
Il sait y retrouver (et tous prêtent l'oreille)
Les airs nouveaux, naguère apportés de Marseille
Par un tambourinaire habile et renommé.
Un autre, du désir de leur plaire animé,
Dans un cercle bavard de jeunes paysannes,
Grimpe en chantant au tronc lisse et droit des platanes
Tandis que dans la ferme, où l'on ne chôme pas,
L'ail odorant qu'on broie annonce le repas.

Jean AICARD (1848-1921)
Recueil « Les Poèmes de Provence », 1874

Les Lutteurs.

Par Gustave Courbet.
1853.

Photo : Yelkrokoyade.
Sous licence CC BY-SA 3.0.

Un cimetière

Au versant d'un coteau, par-dessus des murs bas,
Tout le champ apparaît, et l'on ne croirait pas,
Tant les cyprès (dont bien des bastides sont closes)
Sont charmants, tant la joie éclate dans les choses,
Que ce soit là le sol où les morts sont couchés.
Les cyprès par instants, d'un souffle errant penchés,
Font gaîment remuer les ombres de leurs branches
Sur des pierres qu'un ciel d'azur conserve blanches,
Et les coquelicots foisonnent dans le foin.
Le bois harmonieux du coteau monte au loin,
Et sur la cime on voit les branches remuées
D'un grand chêne accrochant la toison des nuées.
Le cimetière rit, vivace, et, tout autour,
Au pied du bois, d'où sort une effluve d'amour,
Senteurs de romarins, de thyms et d'asphodèles,
Étincelle au soleil un beau champ d'immortelles.

Jean AICARD (1848-1921)
Recueil « Les Poèmes de Provence », 1874

Cimetière marin de Sète.
Photo : Traumrune. Sous licence CC BY-SA 3.0.

Un nouveau riche

Pierre qui durant sa jeunesse
Fut un renommé savetier,
Est superbe de sa richesse
Et honteux de son vieux métier.

Ce fortuné marchand de bottes
Possède un parc, près de chez moi,
Dont les fontaines et les grottes
Sont dignes des maisons du roi.

Je suis confus lorsque je pense
Qu'il y fait creuser un canal
Dont la magnifique dépense
Étonnerait le cardinal[1].

Son luxe n'est pas imitable ;
Il dépeuple l'air et les eaux,
Pour faire que sa bonne table
Soit le pays des bons morceaux.

Il ronfle sur des sachets d'ambre ;
Tout son grand hôtel est paré,
Et n'a bassin ni pot de chambre
Qui ne soit de vermeil doré.

Suis-je pas une grosse bête
De travailler soir et matin
À faire de ma pauvre tête
Une boutique de latin ?

Portrait du cardinal de Richelieu.
Par Philippe de Champaigne.
Vers 1640.

[1] Richelieu, Principal ministre de Louis XIII, toujours en quête d'argent pour faire face aux dépenses nécessaires à la politique menée par le roi

Richelieu au siège de La Rochelle.

Scène imaginée par Henri-Paul Motte en 1881.

Mon père à causé ma ruine,
Pour avoir mis entre mes mains
La rhétorique et la doctrine
Des vieux Grecs et des vieux Romains.

Muses, n'en déplaise aux grands hommes
Que vous montrez à l'univers :
Il vaut mieux, au siècle où nous sommes,
Faire des bottes que des vers.

François MAYNARD (1582-1646)
(ou MAINARD ou MEINARD ou MENARD)
Recueil « Les Œuvres de Maynard », 1646

Poète et membre de la toute nouvelle Académie française, fondée par Richelieu en 1634 et officialisée par lettres patentes du roi Louis XIII en janvier 1635.

François Maynard.

QUATRE PETITS DÉLICES

Je souhaite dans ma maison,
Une femme ayant sa raison,
Un chat passant parmi les livres,
Des amis en toute saison
Sans lesquels je ne peux pas vivre.

Guillaume APOLLINAIRE (1880-1918)
Recueil « Le Bestiaire ou Cortège d'Orphée », 1911

[…]
Non loin quelques bœufs blancs couchés parmi les herbes
Bavent avec lenteur sur leurs fanons épais
Et suivent de leurs yeux languissants et superbes
Le songe intérieur qu'ils n'achèvent jamais !
[…]

Charles Marie René LECONTE,
dit LECONTE de LISLE (1818-1894)
Recueil « Poèmes antiques », 1852

Quand vous serez bien vieille, au soir, à la chandelle,
Assise auprès du feu, dévidant et filant,
Direz, chantant mes vers, en vous émerveillant :
« Ronsard me célébrait du temps que j'étais belle. »
[…]

Pierre de RONSARD (1524-1585)
Recueil « Sonnets pour Hélène », 1578

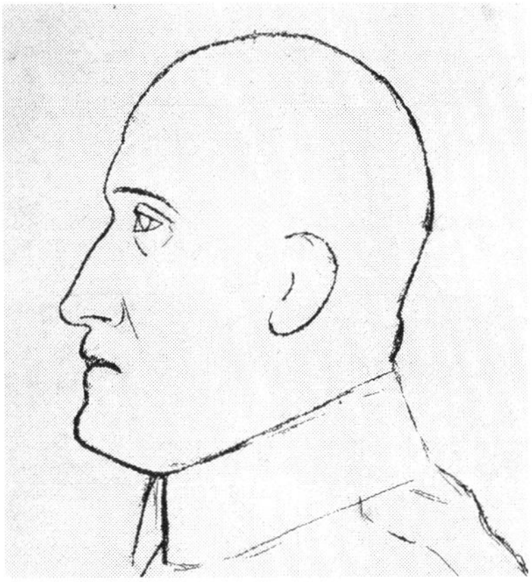

Apollinaire.
Couverture de la revue
L'esprit nouveau.
[Détail adapté]
1924.

Leconte de Lisle.
Par Verlaine.

Ronsard.
Timbre-poste de 1924.

(célébration des 400 ans
de sa naissance)

À son gré dame Nature
Armant tous les Animaux,
Donna la corne aux Taureaux,
Aux Chevaux la sole dure,
Aux Poissons l'art de nager,
Aux Oiseaux de fortes ailes,
Aux Lièvres le pied léger,
Aux Lions des dents cruelles,
L'Homme eut l'intrépidité
Qu'inspire un noble courage.
À la Femme, qu'est-il resté ?
La beauté fut son partage,
Don qui d'un commun aveu
A lui seul plus de puissance
Que ni bouclier ni lance,
Que le fer ni que le feu.[1]

Jean Pierre Nicolas DU COMMUN, dit VÉRON (1688-1745)
« Recueil de pièces fugitives », 1731

L'Arche de Noé. Par Edward Hicks. 1846.

[1] Le thème de ce poème est commun à plusieurs auteurs car il s'agit d'une ode anacréontique (cf. *Le Poète et l'Animal*, volume 3 de cette série)

Câlinerie.

Par William-Adolphe Bouguereau. 1890.

TABLE DES MATIÈRES

INDEX DES NOMS D'AUTEURS

NOTES

Site de l'auteure : www.anny-martine-b.net

Tous les livres de l'auteure sont en vente sur AMAZON :

https://www.amazon.fr/l/B07K7GRFFK

Printed in Poland
by Amazon Fulfillment
Poland Sp. z o.o., Wrocław

75177278R00081